Commissario
Schneiderhahn

Juergen von Rehberg

Commissario Schneiderhahn

Mord in der Villa d'Este

*Bibliografische Information der Deutschen National-
bibliothek:*
*Die Deutsche Nationalbibliothek verzeichnet diese
Publikation in der Deutschen Nationalbibliografie;
detaillierte bibliografische Daten sind im Internet
über http://dnb.dnb.de abrufbar.*

*Herstellung und Verlag: BoD – Books on Demand,
Norderstedt*

ISBN: *978-3-7528-7964-3*

„Wir haben einen Mord, Commissario."

Commissario Gallo schaute weiter in seine „Gazzetta dello Sport" und antwortete, ohne den Blick von seiner Zeitung zu wenden:

„Was sagst du dazu, Rossi; Lazio hat schon wieder verloren."

Ispettore Giuseppe Rossi schaute seinen Chef verständnislos an und sagte:

„Haben Sie nicht gehört, Commissario, es gibt einen Mord."

„Wo?", kam die lapidare Antwort des Commissario, der noch immer nicht seinen Blick von den Sportnachrichten abwandte.

„In der Villa d'Este", antwortete Ispettore Rossi.

„In der Villa d'Este?", sagte der Commissario mit Erstaunen in seiner Stimme.

Der Ispettore nickte.

„Das ist doch nichts für uns", sagte Commissario Gallo vorwurfsvoll, *„da sollen sich gefälligst die Kollegen in Tivoli darum kümmern."*

„Nein, Commissario", entgegnete Ispettore Rossi etwas kleinlaut und fügte eiligst hinzu:

„Der Vice Questore will, dass wir das machen."

„*Wir?*", fragte der Commissario, und er verbarg dabei ein kleines Lächeln, als er sah, wie Rossi leicht zusammenzuckte. Er mochte diesen Mann. Er war zwar nicht die hellste Kerze auf der Torte, aber er war fleißig und loyal, zwei Eigenschaften, welche der Commissario sehr schätzte.

„*Ich meine natürlich Sie*", beeilte sich Ispettore Rossi das gerade Gesagte zu korrigieren.

„*Nein, nein, mein Lieber*", erwiderte der Commissario, „*Sie haben völlig recht; schließlich sind wir ja ein Team. Und ein gutes noch dazu; nichtwahr?*"

„*Ein sehr gutes, Commissario*", bekräftigte Rossi die Worte seines Chefs, und ein wohliges Lächeln zauberte sich auf sein Gesicht.

„*Dann werde ich wohl jetzt besser „Il Cantante" aufsuchen*", sagte Commissario Gallo und faltete die Zeitung zusammen.

In der Questura waren Spitznamen keine Seltenheit. Den Vice Questore Celentano nannten alle nur den „Sänger", weil sein Name an Adriano Celentano erinnerte, der mit „Azzuro" im Jahr 1968 einen Mega Hit landete.

Und auch Commissario Gallo war ein Fantasiegebilde. Geboren und getauft wurde er als Peter Schneiderhahn in einem kleinen Dorf in der Nähe von Frankfurt.

Als 1972 das berühmte „Carosello storico" in Frankfurt gastierte, verliebte er sich unsterblich in eine Signorina Bianca Esposito. Sie war Mitglied im „4. Reggimento carabinieri a cavallo" und eine rechte Augenweide.

Das „Carosello storico" ist ein Kavallerie-Regiment in Bataillonsstärke der Carabinieri, einer militärischen Polizeitruppe Italiens. Das Regiment hat seinen Sitz in der Caserma Salvo D'Acquisto im Stadtteil Tor di Quinto im Norden von Rom (Municipio XV), nahe der gleichnamigen Pferderennbahn.

Dieses als „Historisches Karussell der Carabinieri" bezeichnete Formationsreiten ist auch eine Reminiszenz an die mittelalterlichen Ritterturniere, unter anderem an das Duell von Barletta. Im weitesten Sinn kann es auch mit Kunstflug verglichen werden. In Rom wird es vom Regiment in der Regel in der Villa Borghese an der Piazza di Siena vorgeführt. Dort fand es am 3. Mai 1883 anlässlich der Hochzeit von Thomas von Savoyen-Genua und Isabella von Bayern statt, von den Carabinieri wurde es dort erstmals am 9. Juli 1933 in historischen Uniformen dargeboten und erhielt bei dieser Gelegenheit seinen heutigen Namen. Nach dem Zweiten Weltkrieg wurde das Carosello storico immer wieder im Ausland vorgeführt, unter anderem 1972 in Frankfurt am Main. In Rom stand es wiederholt bei Besuchen ausländischer Staatsoberhäupter auf dem Programm, unter anderem 1959 beim Besuch von Charles de Gaulle und bei Besuchen von Elisabeth II.

Peter Schneiderhahn war zu jener Zeit ein frisch gebackener Kriminalkommissar mit glänzenden Aussichten auf eine vielversprechende Karriere.

Er verzichtete jedoch darauf und bewarb sich – im Rahmen eines Austauschprogramms – um seiner Versetzung nach Rom. Der Lockruf der Liebe war nun einmal wesentlich stärker als der Duft von verheißungsvollem Lorbeer.

Nach dem Überwinden einiger Hürden und dem Vorlegen eines Trauscheins, wurde seinem Ansuchen stattgegeben, und so übersiedelte er ein knappes Jahr später nach Italien, genauer gesagt in die „Ewige Stadt".

Bevor Peter Schneiderhahn mit seiner Liebsten zum Standesamt ging, gab es noch eine heftige Debatte, welchen Namen die Braut nach der Trauung annehmen sollte.

Den Namen des Gatten anzunehmen war für Bianca „impossibile". Den Namen der Liebsten anzunehmen war ein „No-Go" für Peter, und so einigte man sich auf den Namen „Esposito-Schneiderhahn" für die Braut und darauf, dass Peter seinen „Schneiderhahn" einfach weiterführen würde.

Es war ein großes Glück, dass ein Kollege von Peter, der ein Sohn italienischer Einwanderer der Fünfzigerjahre war, ihn darauf aufmerksam gemacht hatte, dass „Esposito" im Deutschen so viel wie „Ehemännchen" bedeutet. Und als solchen sah er sich ganz sicher nicht.

Als dann später die beiden Mädchen Carina und Larissa geboren wurden, bekamen sie den Namen der Mutter, damit ihnen unpassende und zuweilen auch schmerzliche Bemerkungen, bezogen auf die deutsche Herkunft ihres Vaters, erspart bleiben sollten.

Die erste Zeit in der Questura ließ man Peter Schneiderhahn deutlich spüren, dass er ein „Tedesco" war. Irgendwann besann man sich auf Peters Nachnamen, genauer gesagt auf einen Teil davon.

Und so wurde aus „Hahn" der italienische „Gallo" und mit der Zeit wurde er nur noch „Commissario Gallo" genannt. Das ging so weit, dass sogar der Vice Questore Celentano ihn so nannte.

Die hohe Auflösungsquote des deutschen Austauschkommissars hatte sicher wesentlich dazu beigeragen, dass aus Schneiderhahn „Gallo" geworden war und aus Peter „Pietro".

*****

„Setzen Sie sich, Commissario!"

Der Vice Questore war nur ein paar Jahre älter als der Commissario. Aus dem anfänglichen Dienstverhältnis war im Laufe der Jahre ein freundschaftliches geworden.

Dazu beigetragen hatte wohl auch die Tatsache, dass er mit Biancas Mutter um mehrere Ecken verwandt war. Er hatte sogar die Patenschaft für Larissa, die Zweitgeborene übernommen.

Was er sich jedoch von Pietro ausbedungen hatte, war der Wunsch im Dienst von ihm mit SIE angesprochen zu werden.

„Zuhause alles in Ordnung? Wie geht es den Kindern?"

„Danke gut, Vice Questore", antwortete Pietro und fügte hinzu:

„Carina hält uns mit ihrer Pubertät auf Trab und Larissa hat schon einen Freund."

„Ist das nicht ein wenig früh?", sorgte sich Onkel Matteo um sein Patenkind.

„Das ist heutzutage völlig normal", antwortete Pietro, *„und solange die Schule nicht darunter leidet..."*

„Ich weiß nicht...", gab der Vice Questore seinem Zweifel weiter Nahrung.

„Du könntest uns ja wieder einmal besuchen", sagte Pietro, *„die Kinder würden sich freuen und Bianca und ich natürlich auch."*

Kaum, dass Pietro das gesagt hatte, erschrak er. Er hatte seinen Chef aus Versehen geduzt.

Vice Questore Matteo Celentano erstarrte für einen kurzen Moment, um dann die Situation zu entschärfen.

„Der Fall ist besonders heikel und bedarf äußersten Fingerspitzengefühls. Der Gatte der Toten hat Verbindungen bis in höchste Kreise; auch bis zu uns."

Pietro fiel ein Stein vom Herzen, dass er aus dieser verzwickten Situation schadlos herausgekommen war.

„Sie können sich ganz auf mich verlassen, Vice Questore", antwortete Pietro, wobei der eine besondere Betonung auf „Vice Questore" gelegt hatte.

„Das weiß ich, Commissario", sagte der Vice Questore, *„mir lag nur daran es ganz klar zum Ausdruck zu bringen. Über die Einzelheiten wird Sie Ispettore Rossi in Kenntnis setzen.*

Das war's auch schon. Sie können gehen. Und bitte grüßen Sie Bianca und die Kinder ganz herzlich von mir. Ich hatte sowieso vor in den nächsten Tagen einmal vorbeizuschauen. Ich werde Ihnen zeitgerecht Bescheid geben."

„Vielen Dank, Vice Questore", antwortete Pietro. Er stand auf und verließ mit einer leichten Verbeugung das Büro seines Chefs mit dem Gefühl diesen Menschen wohl nie so recht verstehen zu können.

*****

„Also, dann schießen Sie einmal los, Rossi".

Der Commissario war in seinem Büro zurückgekehrt, wo er von seinem Kollegen bereits erwartet wurde.

„Bei der Toten handelt es sich um Signora Aurora Pirelli. "

„Ist das die Gattin des Autoreifenhändlers?", fragte Commissario Gallo mit ernster Miene, was den armen Ispettore Rossi erst gar nicht auf den Gedanken kommen ließ, es könne sich um einen Scherz handeln.

„Nein, nein, Commissario", antwortete Ispettore Rossi mit der gleichen ernsten Miene, *„das ist die Gattin des Baulöwen Ernesto Pirelli. "*

„Kenne ich nicht", entgegnete der Commissario lapidar.

„Sie kennen die <Pirelli S.p.A.> nicht?", fragte der Ispettore ungläubig. *„Sie hat Niederlassungen in Rom, Mailand, Turin und sogar in Palermo. "*

„Mag ja alles ein, Rossi", antwortete Commissario Gallo, *„aber ich kenne sie trotzdem nicht. "*

In diesem Moment schoss dem völlig verwirrten Ispettore Rossi nur ein Gedanke durch den Kopf:

„Stupido Tedesco... "

Der Commissario konnte zwar nicht lesen, was hinter der Stirn von Rossi geschrieben stand, aber der Gesichtsausdruck seines Ispettore erschien ihm irgendwie höchst verdächtig.

„Sagen Sie Assistente Tozzi und Santini Bescheid. Wir fahren in 10 Minuten los."

„Zu Befehl, Commissario", kam die prompte Antwort von Ispettore Rossi, der zum Telefon griff, um der Aufforderung seines Chefs unmittelbar Folge zu leisten.

Commissario Gallo hatte mehrmals versucht dem Ispettore klarzumachen, dass man Befehle nur beim Militär kennt; aber irgendwann hatte er es aufgegeben.

Assistente Antonella Tozzi war eine junge Beamtin, deren Klugheit und Engagement der Commissario sehr zu schätzen wusste.

Dass sie außerdem noch schön war, rief gelegentlich die Eifersucht von Signora Gallo, respektive Signora Esposito-Schneiderhahn auf den Plan.

Bei ihrem Gatten rief dies eine gewisse Heiterkeit hervor, hatte er doch keinerlei Interesse an der jungen Kollegin, außer einem beruflichen.

Bianca war nach der Eheschließung noch einige Jahre beim „Carosello storico" geblieben. Als jedoch die Kinder kamen, verließ sie das Carabinieri-Regiment schweren Herzens, war es doch ihre große Leidenschaft.

Peter erhielt die italienische Staatsbürgerschaft und ging danach ganz in den Dienst der italienischen Polizei über.

Seine Erfolge bei der Verbrechensbekämpfung brachten ihm sehr schnell einen guten Ruf und die Anerkennung – zumindest bei einem Großteil der Kollegen – ein. Und schon bald avancierte er zum „Commissario Capo".

Peter und Bianca hatten sich ein kleines Häuschen außerhalb Roms gekauft, was nicht zuletzt durch die finanzielle Unterstützung von Peters Schwiegereltern möglich war.

Aus einer anfänglichen Abneigung dem „Tedesco" gegenüber, was mit dem 2. Weltkrieg zusammenhing, wurde mit der Zeit ein sehr gutes, ja fast liebevolles Verhältnis.

Biancas Mutter mochte Pietro, wie sie ihn von der ersten Stunde an nannte, weil ihr der liebevolle Umgang ihres Schwiegersohns mit ihrer Tochter gefiel und der Respekt, welcher ihr - „Mama Esposito" - von Pietro entgegengebracht wurde.

Und als dann die beiden Bambini auf die Welt kamen, schmolz auch „Papa Esposito" dahin und die Liebe zu dem „Tedesco" wurde von Tag zu Tag mehr.

*****

Die Fahrt zur Villa d'Este dauerte nur eine knappe Stunde. Assistente Antonella Tozzi fuhr den Wagen und der Commissario saß neben ihr. Im Rückraum saßen der Ispettore und der Gerichtsmediziner, Dottore Santini.

„Die werden sich freuen, wenn sie mich sehen", sagte der Dottore spöttelnd im Hinblick darauf, dass der Commissario seinen eigenen Medizinmann mitbrachte.

„Das ist mir egal, Franzi", entgegnete der Commissario, *„der Vice Questore hat mir volle Rückendeckung zugesagt."*

Dottore Francesco Santini hatte sich mit der Verunglimpfung seines Vornamens durch den Commissario schon lange abgefunden, zumal er ihn ja auch „Il Gallo" nannte.

Sie waren sich im Laufe der Jahre und der vielen gemeinsamen Fälle nahegekommen und so manches Glas Wein zusammen getrunken. Man achtete sich gegenseitig, man duzte sich; aber stets mit dem nötigen Respekt.

Als sie in der Villa d'Este ankamen, gewahrten sie ein riesiges Aufgebot von Carabinieri.

„Was soll denn dieser Riesenauflauf von Uniformierten?", fragte der Commissario.

„Ich habe es Ihnen gesagt, die Tote ist ein V.I.P.", konnte sich der Ispettore nicht verkneifen zu sagen.

„Die Tote ist einfach nur eine Leiche und sonst gar nichts", antwortete der Commissario leicht gereizt.

Commissario Gallo stieg aus dem Wagen und zeigte einem der anwesenden Beamten seinen Dienstausweis mit den Worten:

„Führen Sie mich zu dem leitenden Ermittler."

Der Beamte salutierte und bat dann den Commissario ihm zu folgen. Er führte die kleine Truppe aus Rom zum „Fontana di Nettuno", dem Schauplatz des Verbrechens.

„Ich habe sie schon erwartet, Commissario Gallo."

Ein kleiner, etwas dicklicher Mann streckte Pietro Gallo die Hand entgegen. Er war von der Questura in Rom informiert worden, dass der „Superbulle aus Rom" die Ermittlungen führen würde.

„Commissario Carlo Bellucci, zu Ihren Diensten."

Es war unübersehbar, welchen Ruf Pietro Gallo genoss, der weit über die Grenzen Roms hinausging.

„Grazie, Bellucci", sagte Commissario Gallo, und indem er sein Gegenüber lediglich mit dessen Nachnamen ansprach, machte er ganz klar, wer der Chef im Ring war.

„Wer hat die Tote gefunden?", fragte der Commissario, und Bellucci antwortete:

„*Einer der Bauarbeiter. Soll ich ihn holen?*"

„*Nein, den befrage ich später. Jetzt soll erst der Dottore einmal einen Blick auf das Opfer werfen*", antwortete der Commissario.

„*Das habe ich schon getan*", kam die Stimme eines der Anwesenden.

„*Und wer sind Sie, wenn man fragen darf?*", erwiderte der Commissario.

„*Dottore Falco, der hiesige Gerichtsmediziner*", antwortete der Gefragte.

„*Ich habe meinen eigenen Medizinmann dabei*", sagte der Commissario.

Und bevor noch Dottore Falco etwas einwenden konnte, fuhr der Commissario fort:

„*Sie haben doch nichts dagegen, Dottore, oder?*"

„*Natürlich nicht*", entgegnete der Dottore sichtlich eingeschüchtert.

„*Also Franzi, dann leg mal los!*"

Dottore Francesco Santini sah kurz zu seinem Kollegen auf, der ihm in diesem Augenblick fast ein wenig leidtat, und dann begann er mit einer ersten Inaugenscheinnahme der Leiche.

„*Was kannst du mir sagen, Franzi?*", kam die Frage des Commissario, begleitet von einer gewissen Ungeduld.

„*Die Person, die da liegt, ist weiblich und tot.*"

Commissario Gallo verdrehte die Augen ob der provozierenden Antwort seines Medizinmannes und harrte der Dinge, die da kommen.

Dottore Santini nestelte an der Wunde herum, die im Bereich des Herzens der Toten erkennbar war.

„*Seltsam, äußerst seltsam*", murmelte der Dottore, und der Commissario fragte:

„*Mach es doch nicht so spannend, Francesco. Was ist seltsam?*"

Der Commissario hatte bewusst „Francesco" gesagt, um den Dottore gewogen zu machen.

„*Die Art der Wunde*", antwortete Dottore Santini, „*es sieht nach einer Stichwunde aus, aber es handelt sich nicht nach einer glatten Einstichwunde. Es sieht vielmehr aus, als habe der Täter mit einem Messer in die Brust gestochen und dann in der Wunde umhergerührt.*"

„*Wie umhergerührt?*", fragte der Commissario, „*was meinst du damit?*"

„*Ich kann es dir nicht sagen*", antwortete der Dottore, „*ich habe so etwas noch nie zuvor gesehen.*"

„*Und was machen wir jetzt?*", fragte der Commissario.

„*Wir nehmen die Leiche mit, damit ich sie eingehend untersuchen kann.*"

„*Bene, dann packt die Dame ein und ab damit nach Rom.*"

„*Und was mache ich?*", fragte Commissario Bellucci verunsichert.

„*Sie führen mich jetzt zu dem Mann, der die Leiche entdeckt hat.*"

Der Bauarbeiter, der die Leiche entdeckt hatte, berichtete dem Commissario, dass er heute, also nach dem zurückliegenden Wochenende, mit seinen anderen Kollegen die Baustelle betreten und die Signora gefunden habe.

„*Seit wann ist das hier eine Baustelle und was genau wird gemacht?*", fragte der Commissario und der Befragte antwortete:

„*Wir arbeiten hier seit zwei Wochen. Es handelt sich um eine Generalsanierung der Brunnen und der gesamten Parkanlage.*"

„*Dann ist der Park wohl für Besucher gesperrt, nehme ich an?*", fragte der Commissario.

Der Befragte nickte und der Commissario fragte weiter:

„*Wie ist die Signora dann hereingekommen, wenn das Gelände für Besucher gesperrt ist?*"

„*Das weiß ich nicht*", antwortete der Befragte, „*da sollten Sie vielleicht die Verwaltung fragen.*"

„*Sie haben recht, guter Mann*", entgegnete der Commissario, „*genau das werde ich machen. Haben Sie vielen Dank und begleiten Sie Commissario Bellucci, damit er Ihre Aussage zu Protokoll nehmen kann.*"

Wenig später saß Commissario Gallo mit dem Verwalter der Villa d'Este zusammen.

„*Wie ist es möglich, dass Unbefugte die Parkanlage betreten können, obwohl sie für Besucher gesperrt ist? Haben Sie kein Wachpersonal?*"

„*Ja und nein*", antwortete der Verwalter zögerlich.

„*Was heißt das denn?*", fragte der Commissario.

„*Wir haben einen pensionierten Carabiniere, der gelegentlich nach dem Rechten schaut.*"

„*So, so*", sagte der Commissario, „*ein pensionierter Kollege schaut nach dem Rechten. Gelegentlich. Auch am Wochenende?*"

„*Nun ja, er hat Familie. Sie wissen ja, wie das ist. Sonntagsessen mit der gesamten Familie…*"

„Ich verstehe, mein Lieber", antwortete der Commissario, *„la famiglia"*...

Als das Quartett - wieder im Wagen vereint - nach Rom zurückfuhr, sagte der Commissario:

„Ich glaube, wir werden noch viel Freude an diesem Fall haben."

*****

„Der Cavaliere erwartet Sie."

Die Sekretärin führte den Commissario in ein prachtvolles Büro mit einem noch prächtigeren Schreibtisch, hinter dem ein stark übergewichtiger Mann saß, der Mühe hatte sich aus seinem Sessel zu erheben, um den Eintretenden zu begrüßen.

„Der berühmte Commissario Capo Pietro Gallo, der Vice Questore hat Sie mir schon angekündigt."

„Vielen Dank, dass Sie mich empfangen, Cavaliere", antwortete der Commissario mit dem zu Gebote stehenden Respekt.

„Bitte, nennen Sie mich einfach nur Signore Pirelli, mein Lieber", entgegnete der Cavaliere bescheiden.

„Cavaliere" ist die Anrede für einen Mann, dem vom Präsidenten der Italienischen Republik der Arbeitsverdienstorden „Ordine al Merito del Lavoro" verliehen wurde.

Diese Auszeichnung ist jenen italienischen Bürgern gewidmet, die in den Bereichen Handel, Landwirtschaft, Industrie, Tourismus, Handwerk, sowie dem Kredit- und Versicherungswesen außerordentliche Verdienste erworben haben.

Ein Träger dieses Ordens ist berechtigt den Titel „Cavaliere del Lavoro" zu führen und auch damit angesprochen zu werden.

„Ich darf mir zunächst erlauben Ihnen mein tiefst empfundenes Beileid zum Tod Ihrer verehrten Gattin auszusprechen."

Mit diesen warmen Worten begann der Commissario seine Befragung, die mehr den Charakter eines freundschaftlichen Gesprächs, denn einer Befragung hatte.

„Ich danke Ihnen sehr, Commissario, und ich stehe Ihnen selbstverständlich uneingeschränkt zur Verfügung", antwortete der Cavaliere, um danach die Frage nach einem Getränkewunsch anzuschließen.

„Kaffee oder Tee? Oder vielleicht ein Wasser?"

„Weder noch, Signore Pirelli", antwortete der Commissario, und der Cavaliere sagte:

„Ich würde Ihnen ja gern einen Cognac oder Whisky anbieten; aber Sie dürfen ja nicht. Sie sind ja im Dienst."

„Einen kleinen Cognac könnte ich schon vertragen", antwortete der Commissario, „aber nur, wenn Sie einen mittrinken, Cavaliere."

„Das gefällt mir", antwortete der Cavaliere, „Sie sind ein Mann, so recht nach meinem Geschmack. Wenn Sie einmal genug von der Jagd nach bösen Buben haben, dann kommen Sie zu mir.

Ich würde sie sofort als Chef meiner Sicherheitsabteilung einstellen. Natürlich mit einem Gehalt, von dem Sie als Polizeibeamter nur träumen können."

Die Überheblichkeit des dicken Mannes erzeugte ein heftiges Würgen bei dem Commissario, er überspielte es jedoch elegant mit der Bemerkung:

„Ich werde vielleicht irgendwann auf Ihr Angebot zurückkommen."

Im Verlaufe des Gesprächs erfuhr der Commissario wichtige Fakten für seine Untersuchung:

Signora Aurora Pirelli war vor ihrer Verehelichung mit dem Baulöwen Ernesto Pirelli Richterin und hatte es bis in den „Palazzo Piacentini", dem italienischen Justizministerium geschafft.

Sie war mit dem Cavaliere – anlässlich einer Geburtstagsparty – zusammengetroffen, und es hatte sofort zwischen den beiden gefunkt. Damals hatte Signore Pirelli noch eine herzeigbare Figur, war noch nicht so überheblich und auch kein Cavaliere.

Der Ehe entsprangen fünf Kinder. Drei Mädchen und zwei Jungens.

„Ich denke, das war's fürs Erste", sagte der Commissario und stand auf. Er reichte dem Cavaliere die Hand und fügte hinzu:

„Vielen Dank für Ihre kostbare Zeit und den guten Cognac. Eine Bitte hätte ich noch an Sie."

„Nur heraus, mein Freund", sagte der Cavaliere, und Commissario Gallo antwortete:

„Könnten Sie eventuell im Verlauf des morgigen Vormittags kurz in der Questura vorbeischauen, um ein Protokoll zu unterzeichnen? Sie wissen ja, wie das ist mit der Bürokratie."

„Nur bedingt, Commissario", antwortete der Cavaliere, *„für so etwas habe ich schließlich mein Personal. Aber ich komme natürlich gern. So kann ich wieder einmal eine kleine Unterhaltung mit meinem Freund, dem Vice Questore führen."*

„Beneidenswert, Cavaliere", sagte der Commissario und ging zur Tür. Bevor er den Raum endgültig verließ, rief ihm der Cavaliere noch nach:

„Vergessen Sie nicht mein Angebot und liebe Grüße an den Vice Questore."

„Das mache ich, Cavaliere und nochmals vielen Dank."

Commissario Gallo verließ das Gebäude mit einem Gefühl von Abscheu und Verachtung. Er hatte große Mühe eine aufkommende Wut zu unterdrücken.

Wut darüber, dass die Großen und Mächtigen glauben, sie stünden über dem Gesetz. Und auch darüber, dass viele damit auch durchkommen.

*****

„Wie war dein Tag, amore mio?"

Bianca gab Pietro einen Kuss.

„Sagt dir <Pirelli S.p.A.> etwas?", fragte Pietro.

„Aber ja", antwortete Bianca, *„das ist ein mächtiger Baulöwe. Wenn nicht sogar der größte von ganz Italien."*

„Das höre ich heute schon zum zweiten Mal", murmelte Pietro vor sich hin.

„Was sagtest du?", fragte Bianca.

„Nichts", antwortete Pietro und setzte nach:

„*Was gibt es heute zu essen?*"

„*Nichts*", antwortete Bianca.

„*Nichts?*", wiederholte Pietro.

„*Nein, amore mio*", antwortete Bianca, „*wir gehen heute aus.*"

„*Ich habe keine Lust auszugehen, ich bin müde*", sagte Pietro missmutig.

Bianca sah ihren Gatten lange an, bevor sie sagte:

„*Bist du auch zu müde unseren Hochzeitstag zu feiern?*"

Pietro wurde blass. Es schnürte ihm den Hals zu, als er sagen wollte, dass er darauf vergessen hatte. Stattdessen gestikulierte er hilflos mit seinen Händen herum.

„*Aber wir können uns auch eine Pizza kommen lassen und uns einen Film anschauen*", sagte Bianca mit einem Lächeln.

Pietro, der sich wieder gefangen hatte, nahm seine Gattin in den Arm und küsste sie.

„*Ich habe dich gar nicht verdient und es ist unverzeihlich, dass ich unseren Hochzeitstag vergessen habe. Kannst du mir verzeihen, mein Engel?*"

„*Aber ja, amore mio*", sagte Bianca, „*ich liebe dich doch. Und es macht mir nichts aus, wenn wir zuhause bleiben.*"

„*Auf keinen Fall*", erwiderte Pietro, „*gib mir ein paar Minuten. Ich springe nur kurz unter die Dusche und dann gehen wir fein speisen. Und zieh bitte das rote Kleid an.*"

„*Mach ich, amore mio*", sagte Bianca, „*ich freue mich.*"

Als sie eine knappe Stunde später in ihr Lieblings-restaurant kamen, führte sie Luigi, der Oberkellner, an einen Tisch, auf dem ein Strauß roter Rosen stand und Kerzen angezündet waren.

„*Der Champagner kommt gleich, Commissario*", sagte Luigi mit einem breiten Grinsen und legte die Speisekarten vor.

„*Ich denke, du hast unseren Hochzeitstag verges-sen*", sagte Bianca ganz erstaunt.

„*Habe ich auch, mein Engel*", antwortete Pietro, „*ich habe nur vor dem Duschen noch schnell bei Lu-igi einen Tisch bestellt. Und die Blumen natürlich.*"

„*Du bist und bleibst ein „uomo pazzo*", sagte Bi-anca und streichelte zärtlich Pietros Hand.

Als der Champagner serviert wurde, und sich die beiden Liebenden zugeprostet hatten, griff Pietro in die Innentasche seine Sakkos und entnahm ihr eine kleine Schatulle.

„Herzlichen Glückwunsch zum Hochzeitstag!"

Mit diesen Worten öffnete Pietro die Schatulle und hielt sie Bianca hin. Der Inhalt war ein Saphir, umkränzt mit kleinen Diamanten.

„Ich dachte, du hast unseren Hochzeitstag vergessen?", fragte Bianca, die jetzt völlig verwirrt war.

„Ja und nein", antwortete Pietro, *„sonst hätte ich ja den Ring nicht besorgt. Ich war nur heute etwas durcheinander. Als ich am Morgen aus dem Haus ging, habe ich noch daran gedacht. Aber die Ereignisse des Tages haben mich etwas aus der Bahn geworfen und so habe ich dann darauf vergessen. Es tut mir leid, mein Engel."*

Bianca hatte den Ring aus der Schatulle genommen und ihn an den Finger gesteckt.

„Er ist wunderschön. Ich danke dir sehr!"

Bianca stand auf, ging um den Tisch herum und küsste Pietro.

Von den umliegenden Tischen ertönte Applaus und Pietro dachte einmal mehr: „Diese Italiener"

*****

Es war später Vormittag, als der Cavaliere zur Tür hereinkam. Er ging auf den Commissario zu und schüttelte ihm die Hand.

„Was und wo muss ich unterschreiben?", fragte er wohlgelaunt.

„Darf ich Ihnen zuvor noch ein paar Fragen stellen, verehrter Cavaliere?", sagte der Commissario mit einem verbindlichen Lächeln.

„Fragen Sie, fragen Sie, mein Lieber", antwortete der Cavaliere, *„ich habe keine Geheimnisse."*

Und zu Assistente Antonella Tozzi gewandt, welche anwesend war, sagte er:

„Und diese reizende Signorina schreibt alles auf, nehme ich an."

„So ist es, Cavaliere", sagte der Commissario, *„es ist faszinierend, wie Sie die Situation exakt einzuschätzen vermögen; mein Kompliment, Cavaliere!"*

Der Cavaliere fühlte sich geschmeichelt, und sowohl der Commissario, wie auch seine Kollegin Antonella machten sich ihre eigenen Gedanken darüber, wie ein so schlichtes Gemüt ein beachtliches Imperium aufbauen konnte.

„Haben Sie nicht bemerkt, dass Ihre Gattin am Sonntagabend nicht nach Hause gekommen ist?", begann der Commissario mit seiner Befragung.

„*Nein*", antwortete der Cavaliere. „*Wir haben getrennte Schlafzimmer, weil ich fürchterlich schnarche. Das hängt mit meinem leichten Übergewicht zusammen.*"

Antonella verdrehte die Augen beim Anblick des wohlbeleibten Herrn und seiner maßlosen Untertreibung bezüglich seines Gewichtes.

„*Das finde ich äußerst rücksichtsvoll von Ihnen, Cavaliere*", sagte der Commissario und fuhr fort:

„*Wir haben bei Ihrer Gattin keinerlei Schmuck gefunden. Können Sie mir sagen, ob sie welchen getragen hat?*"

„*Mit Sicherheit nicht*", antwortete der Cavaliere, „*Aurora hat eine Schmuckallergie. Sie besitzt zwar Schmuck; aber sie trägt ihn nie.*"

Der Commissario wollte seine Befragung schon fortsetzen, als der Cavaliere noch hinzufügte:

„*Den einzigen Schmuck, den sie trägt, das ist ein goldenes Herz mit einem kleinen Rubin an einem Lederband. Aber das trägt sie ständig.*"

„*Das haben wir nicht gefunden. Wir haben lediglich ihren Personalausweis gefunden*", antwortete der Commissario.

„*Und sonst nichts?*", fragte der Cavaliere.

„*Nein, nichts*", antwortete der Commissario, „*kein Geld und auch kein Handy.*"

„*War das goldene Herz mit dem Rubin ein Geschenk von Ihnen an Ihre Frau?*", fragte der Commissario weiter.

„*Nein*", antwortete der Cavaliere, „*das war ein Geschenk ihrer Mutter.*"

„*Können Sie uns den Namen und die Adresse der Dame geben?*", fragte der Commissario.

„*Die Eltern von Aurora sind schon lange tot*", antwortete der Cavaliere, dessen Gemütsverfassung gerade im Begriff war sich vehement zu ändern.

Es schien, als würde ihm in diesem Augenblick die Tragweite des Geschehens erst bewusst.

„*Soll ich Ihnen ein Glas Wasser bringen?*"

Es war Antonella, welche die Wesensveränderung bemerkt hatte.

„*Das wäre äußerst freundlich, Signorina*", antwortete der Cavaliere, und der Commissario empfand fast ein wenig Mitleid mit dem Mann.

*****

Nachdem der Cavaliere gegangen war, setzte sich der Commissario mit seinen beiden Mitarbeitern zusammen.

„Ich brauche Hintergrundinformationen", sagte der Commissario, *„Rossi, Sie fragen den Dottore, ob es schon erste Erkenntnisse gibt, und du, Antonella, suchst mir alles über das Leben von Signora Pirelli heraus. Und zwar von Geburt an bis heute."*

„Sie sollen zu Dottore Santini kommen", sagte Ispettore Rossi, *„er hat etwas Seltsames entdeckt."*

„Warum sagen Sie mir das erst jetzt?", fuhr der Commissario seinen Mitarbeiter schroff an.

„Ich weiß es selbst erst seit ein paar Minuten", antwortete der Ispettore gekränkt, *„und außerdem waren Sie ja bis vor wenigen Minuten noch mit dem Verdächtigen befasst."*

„Signore Pirelli ist kein Verdächtiger, Rossi", erwiderte der Commissario, *„er ist ein armer, gebrochener Mann, der erst seit kurzem begriffen hat, dass er seine Frau verloren hat."*

Rossi bekam einen roten Kopf. So sehr er sich auch bemühte, er konnte es dem Commissario einfach nicht recht machen.

„Ich hasse diesen Tedesco."

Mit diesem Gedanken holte sich Rossi wieder seinen Seelenfrieden zurück, der ihm kurzfristig abhandengekommen war.

*****

„Was hast du für mich, Franzi?"

Commissario Gallo hätte den Gerichtsmediziner fast nicht hinter den dicken Rauchschwaden seiner Zigarre entdeckt.

„Eine skurrile Entdeckung, mein Lieber", antwortete der Dottore.

„Mach es doch nicht so spannend, Franzi", sagte der Commissario, *„und sag schon, was du gefunden hast."*

„Die Tat eines Irren", antwortete der Dottore.

„Was meinst du damit?", fragte der Commissario.

„Komm etwas näher, dann zeige ich es dir", antwortete der Dottore.

Er zog das Leintuch zurück und präsentierte dem Commissario eine sehr schlanke, fast androgyne Leiche. Dann deutete er auf den linken Brustbereich.

„*Siehst du das?*", fragte er den Commissario.

„*Das sieht ja furchtbar aus*", sagte der Commissario erschreckt.

„*Es sieht nicht nur so aus, es ist auch so*", sagte Dottore Santini, „*das ist das Werk eines Verrückten.*"

„*Man könnte meinen, der Täter wollte seinem Opfer das Herz herausschneiden*", fuhr der Dottore fort.

„*Was glaubst du*", fragte der Commissario, „*hat der Täter medizinische Kenntnisse?*"

„*Ich denke, eher nicht*", antwortete Dottore Santini, „*sonst hätte er gewusst, dass er zuvor den Brustkorb zersägen muss, um an das Herz zu kommen. Vorausgesetzt natürlich, es ging ihm wirklich darum.*"

„*Bedeutet das, dass das Herz noch im Körper der Toten ist?*", fragte der Commissario.

„*Ja, Gott sei Dank*", antwortete der Dottore, „*ein solcher Schock wäre für die Hinterbliebenen kaum zu ertragen gewesen.*"

„*Kannst du mir noch etwas über den Todeszeitpunkt sagen?*", fragte der Commissario.

„*Sonntag, am frühen Abend*", antwortete der Dottore.

„*Und was kannst du mir über den Tathergang sagen, Franzi?*", fragte der Commissario.

„*Ein Stich mit einer spitzen Waffe – ich vermute ein Messer – direkt ins Herz. Und danach der Versuch das Herz herauszuschneiden, was ja misslungen ist.*"

„*War das Opfer sofort tot?*", fragte der Commissario weiter.

„*Ja*", antwortete der Dottore, „*aber jetzt kommt`s. Signora Pirelli starb nicht an dem Stich in ihr Herz, sondern durch 4-Hydroxybutansäure, kurz GHB oder besser bekannt als K.O.-Tropfen.*"

„*Was?*"

Im Gesicht des Commissario machten sich Überraschung und Entsetzen gleichermaßen breit.

„*Das musst du mir jetzt genauer erklären*", sagte der Commissario.

„*Als der vermeintlich letale Stich ins Herz durchgeführt wurde, hatte dieses bereits aufgehört zu schlagen*", sagte der Dottore.

„*Das verstehe ich nicht, Franzi*", erwiderte der Commissario, „*wieso hat der Täter dann noch zugestochen?*"

„*Er konnte vermutlich nicht wissen, dass er Signora Pirelli eine Überdosis 4-Hydroxybutansäure verabreicht hatte.*"

Der Commissario sah seinen Freund lange verständnislos an und sagte dann:

„Ich habe zum ersten Mal in meinem Berufsleben keine Ahnung, wie ich an diesen Fall herangehen soll bzw. wie ich den Täter ermitteln soll."

„Ja, mein Lieber", sagte Dottore Santini, „jetzt bist du dran; meine Arbeit ist getan. Wie wäre es mit einem Bier nach Feierabend als kleine Belohnung für meine fabelhafte Arbeit?"

„Normalerweise recht gern, Franzi", antwortete der Commissario, „aber heute geht es nicht. Il Cantante kommt zu Besuch."

„Der Vice Questore persönlich", sagte Dottore Santini lächelnd, „dann wünsche ich dir einen schönen Abend, Commissario Capo Gallo."

„Danke, Dottore Santini", antwortete der Commissario und lächelte zurück.

*****

„Komm her und gib deinem Patenonkel einen Kuss!"

Vice Questore Celentano, vulgo Onkel Matteo hielt seinem Patenkind Larissa auffordernd seine rechte Wange hin, und Larissa kam der Aufforderung auch brav nach.

„Es ist schön, dass du uns wieder einmal besuchst, Matteo", sagte Bianca, „die Kinder haben schon ein paar Mal nach dir gefragt."

Pietro schaute Bianca auf eine Weise an, als wolle er sie nach ihrem Geisteszustand befragen. Die Kinder waren froh, wenn ihnen die Anwesenheit von Onkel Matteo erspart blieb. Mit seiner etwas schrulligen Art kamen sie einfach nicht zurecht.

Im Grunde genommen mochten sie ihn ebenso wenig wie auch ihr Vater. Alle Versuche der Mutter, ihnen den Verwandten schmackhaft zu machen, verliefen ins Leere.

Bianca schickte einen zürnenden Blick zu Pietro, der diesem mit einer Bemerkung - zu dem Gast hin gerichtet - auswich:

„Darf ich dir ein Glas Wein einschenken, lieber Matteo? Was möchtest du: weiß oder rot?"

„Ich trinke nur Rotwein, Pietro; das solltest du doch allmählich wissen."

„Entschuldige, Matteo; natürlich weiß ich das", versuchte sich Pietro herauszuwinden, „aber man kann ja auch seinen Geschmack einmal ändern, findest du nicht auch?"

„Nein", kam die barsche Antwort von Matteo, „ich bin ein Mann mit Prinzipien, und die wechselt man nicht wie seine Unterwäsche."

„Es ist kein Wunder und zugleich ein Segen, dass dieser Mensch ehe- und kinderlos geblieben ist", dachte sich Pietro und sah zu Bianca hin, die ihn anlächelte, so als würde sie seine Gedanken nicht nur lesen, sondern auch billigen.

„Wie geht es dir gesundheitlich, Matteo?", übernahm nun Bianca das Reden. „Gehst du noch regelmäßig auf den Golfplatz?"

„Schon lange nicht mehr", antwortete Matteo, „früher traf man dort auf distinguierte Herren, aber heute ist das nur noch ein Tummelplatz für gelangweilte, blasierte Hausfrauen."

„Man müsste diesen Mann zum <Misanthropen des Jahres küren>, drang es in Pietros Gedanken, und er hätte es nur zu gern ausgesprochen, was natürlich schlichtweg „impossibile" war…

Nach dem Essen – es gab übrigens Spaghetti alle Vongole und hinterher Tiramisu – befragte Matteo Pietro nach dem Stand der Dinge im Fall „Signora Aurora Pirelli".

„Da stehen wir noch ganz am Anfang unserer Ermittlungen", antwortete Pietro wahrheitsgemäß.

„Du denkst daran, was ich dir gesagt habe, Pietro", mahnte Matteo, „Fingerspitzengefühl, viel Fingerspitzengfühl und äußerste Diskretion, mein Lieber."

„*Was meinst du mit <äußerster Diskretion>?*", fragte Pietro.

„*Nun, die Medien*", antwortete Matteo, „*der Name Pirelli in Verbindung mit einem Verbrechen – ein gefundenes Fressen für die Medien. Das versteht du doch, oder?*"

„*Schon*", antwortete Pietro, „*aber um eine Pressekonferenz werden wir wohl kaum herumkommen.*"

„*Natürlich nicht, Pietro*", antwortete Matteo, „*aber es ist wichtig zu beachten, was man da für die Öffentlichkeit preisgibt.*"

„*Wäre es da nicht sinnvoll, du würdest die Pressekonferenz abhalten?*", versuchte Pietro seinen Chef zu ködern.

„*Nein, nein, mein Lieber*", antwortete Matteo, „*das machst du schön selber. Ich werde zwar anwesend sein, schon aus repräsentativen Gründen; aber reden wirst nur du.*"

Als sich Matteo Stunden später verabschiedete, machte sich eine Erleichterung bei der Familie Schneiderhahn bzw. Esposito-Schneiderhahn oder nur Esposito bemerkbar. Man konnte davon ausgehen, dass der nächste Besuch wieder länger auf sich warten lassen würde, und man war recht froh darüber

*****

„Was hast du herausgefunden, Antonella?", fragte der Commissario die junge Kollegin. Im Gegensatz zu Ispettore Rossi, den der Commissario mit SIE ansprach, duzte er die Assistente Antonella Tozzi.

„Die Signora ist seit fünfunddreißig Jahren mit ihrem Gatten verheiratet. Der Ehe entsprangen drei Mädchen und zwei Jungen, alle schon aus dem Haus mit eigener Familie.

In ihrer Zeit als Richterin war sie gefürchtet. Man nannte sie >Giudice spietato>. Einige, von ihr Verurteilte, haben ihr Rache geschworen, und es gab auch immer wieder Drohbriefe."

„ <Richterin gnadenlos>, was für ein Name", wiederholte der Commissario, *„da haben wir ja dutzendweise Verdächtige."*

„Wobei einer heraussticht", sagte Antonella.

„Und wer ist das?", fragte der Commissario.

„Luca Zamperoni", antwortete Antonella, *„verurteilt wegen Mordes und vor wenigen Tagen aus der Haft entlassen. Und er hat mehrmals gedroht die Richterin zu ermorden."*

„Haben wir eine Adresse?", fragte der Commissario.

„Ja, er wohnt in Tivoli", antwortete Antonella triumphierend.

Commissario Gallo sah in das erwartungsvolle Gesicht seiner Kollegin. Dann sagte er:

„Sollte das wirklich so einfach sein? Was meinst du, Antonella?"

„Wir haben ein Motiv, und wenn jetzt noch ein nicht vorhandenes Alibi dazukommt – Bingo!"

„Na gut, Antonella", antwortete der Commissario, *„dann fahr mit Rossi nach Tivoli und bring mir den Knaben her."*

„Ich habe den Verbindungsnachweis von Signora Pirellis Handy besorgt, Commissario", sagte Ispettore Rossi mit einem leicht stolzen Unterton in der Stimme. *„Er liegt auf Ihrem Schreibtisch."*

„Danke Rossi, gute Arbeit."

Commissario Gallo hatte ihn gelobt, und es klang wie Musik in Rossis Ohren.

„Seid vorsichtig, wenn ihr Zamperoni holt; er könnte bewaffnet sein."

„Machen wir Chef", sagte Ispettore Rossi und verließ mit Antonella das Zimmer.

Der Commissario sah die Liste mit den Verbindungsnachweisen an, und ihm fiel auf, dass mehrere Anrufe von einem Telefon mit unterdrückter Nummer geführt worden waren.

Ihm fiel außerdem auf, dass weitere Anrufe gelistet waren, welche einer bestimmten Nummer zugewiesen waren. Er nahm den Hörer und wählte diese Nummer. Am anderen Ende der Leitung meldete sich eine männliche Stimme:

„Avvocato Mancini."

„Hier spricht Commissario Gallo. Kennen Sie eine Signora Aurora Pirelli?"

„Ja."

„Ist die Signora eine Klientin von Ihnen?"

„Das kann ich Ihnen am Telefon nicht beantworten."

„Gut, dann möchte ich Sie bitten noch heute in die Questura zu kommen."

„Um was geht es, Commissario?"

„Das kann ich Ihnen am Telefon nicht sagen; aber wir sehen uns ja in Bälde."

Damit war das Gespräch beendet und der Commissario konnte sich einer gewissen Freude nicht verschließen, vor allem, was seinen letzten Satz betraf.

*****

Luca Zamperoni ließ sich problemlos von den Kriminalbeamten zur Befragung abholen. Er fragte auch nicht nach dem Grund; er stieg einfach in das Auto.

Jetzt saß er im Verhörraum und starrte auf den Spiegel, hinter welchem sich der Vice Questore, Commissario Gallo, der Ispettore und Antonella befanden.

„Machen Sie ihm ordentlich Druck, Commissario", sagte der Vice Questore, und Pietro Gallo bekam auf einmal heftige Zweifel, ob sie den richtigen Fisch an der Angel hatten.

Er schaute durch das Glas auf einen alten Mann, der in sich zusammengesunken reglos auf einem Stuhl saß und in seine Richtung starrte.

„Dann wollen wir jetzt die Nuss knacken", drängte sich Ispettore Rossi in Pietros Gedanken, und er bestätigte einmal mehr die feste Überzeugung seines Chefs, dass aus ihm wohl niemals ein guter Kriminologe werden würde.

„Sie begleiten mich", sagte der Commissario zu Rossi, *„und Sie halten Ihren Mund. Reden werde nur ich, und Sie hören einfach nur zu, capito?"*

Der Ispettore schluckte und nickte zustimmend. Innerlich brodelte es in ihm. Warum musste der Commissario vor dem Vice Questore so mit ihm umgehen, fragte er sich, und sein Hass auf den „Tedesco" wurde wieder ein klein wenig mehr.

„*Sie sind Luca Zamperoni?*", begann der Commissario seine Befragung, „*und Sie wohnen in Tivoli?*"

„*Ja, Euer Ehren*", antwortete Zamperoni.

„*Wir sind hier nicht bei Gericht*", sagte der Commissario, „*einfach nur Commissario oder einfach nur JA oder NEIN.*"

„*Jawohl, Commissario*", antwortete Zamperoni.

Pietro Gallo fragte sich, wie dieser Mann, der vor ihm saß überhaupt fähig war einen Menschen zu töten. Und dass er Signora Pirelli auf eine so perfide und grausame Art getötet haben sollte, widerstrebte ihm heftig zu glauben.

„*Sie waren wegen eines Tötungsdeliktes im Gefängnis, Signore Zamperoni*", fuhr der Commissario fort, „*und Sie wurden vorzeitig aus der Haft entlassen.*"

„*Jawohl, Commissario, das ist richtig*", antwortete Zamperoni.

Der Commissario dachte für einen kurzen Moment daran die Befragung abzubrechen, jedoch eingedenk dessen, dass der Vice Questore seine Nase an der Scheibe hinter ihm plattdrückte, veranlasste den Commissario weiterzumachen.

Commissario Gallo war fest davon überzeugt, dass dieses Häufchen Elend in Form eines verurteilten Mörders keinesfalls der Täter sein konnte.

Er ging sogar so weit, dass Pietro sich fragte, ob Luca Zamperoni überhaupt jemals einen Mord begangen hatte.

„Kennen Sie eine Signora Aurora Pirelli?", fragte der Commissario weiter.

„Nein, wer ist das?", fragte Zamperoni zurück.

„Wo waren Sie am vergangenen Sonntag zwischen 15:00 und 20:00 Uhr?"

„Bei meiner Schwester Monica und ihrer Familie. Sie hatte mich zum Essen eingeladen. Dann habe ich noch mit meinen vier Neffen und Nichten gespielt."

Commissario Gallo drehte seinen Kopf in Richtung Spiegel und schickte einen zürnenden Blick dorthin. Dass diese Antwort der Wahrheit entsprach, daran hegte der Commissario nicht den geringsten Zweifel.

Er stand auf und verließ den Raum. Er ging zu Antonella und sagte:

„Von dir hätte ich das nicht erwartet. Der Mann ist sofort auf freien Fuß zu setzen. Und du und Rossi, ihr werdet ihn persönlich nachhause zurückfahren."

„Und wenn das gelogen ist oder wenn ihm die Familie seiner Schwester ein falsches Alibi gibt, was dann?", versuchte der Ispettore sein Glück.

„*Sie sind ein Ochse, Rossi*", schnaubte der Commissario, „*glauben Sie ernsthaft, dass sechs Personen lügen, wobei vier davon noch Kinder sind?*"

„*Sachte, sachte, Commissario*", versuchte der Vice Questore die Wogen zu glätten, „*vielleicht sollte man doch noch vorher das Alibi überprüfen.*"

„*Schauen Sie sich den Mann doch einmal an*", sagte der Commissario, „*und wenn Sie in ihm dennoch den Mörder von Signora Pirelli sehen, dann ordnen Sie Haft an.*"

„*Das ist allein Ihre Sache, Commissario*", antwortete der Vice Questore, zuckte mit den Schultern und entfernte sich ohne ein weiteres Wort zu sagen.

*****

Nachdem der Ispettore und Antonella von ihrer „Taxifahrt" zurück waren, ließ Commissario Gallo Antonella zu sich rufen.

„*Schließ die Tür und setz dich*", sagte der Commissario und warf Antonella eine Mappe zu.

„*Du hast doch diese Akte gelesen, nehme ich an.*"

„*Nein, habe ich nicht*", kam die trotzige Antwort von Antonella, die sich seit der Befragung von Luca Zamperoni durch den Commissario falsch und ungerecht behandelt fühlte.

„*Und wieso nicht, wenn ich fragen darf?*"

Der Ton des Commissario war um eine Spur rauer geworden.

„*Weil der Ispettore die Akte an sich genommen hat und sich darauf gesetzt hat wie eine Glucke, die ein Ei ausbrüten will.*"

Commissario Gallo musste ein Lachen unterdrücken. Er mochte die junge Frau, in der er ein großes berufliches Potential sah, und die er fördern wollte.

„*Warum hast du dir das gefallen lassen? Du bist doch sonst auch nicht gerade schüchtern.*"

„*Der Ispettore steht im Rang über mir, und ich bin daher weisungsgebunden*", antwortete Antonella.

„*Quatsch! Der einzige, dem du unterstellt bist, das bin ich*", entgegnete der Commissario, und nach einer kurzen Pause fügte er noch hinzu: „*Und dem lieben Gott.*"

„*Was hätte das geändert, wenn ich die Akte gelesen hätte?*", fragte Antonella.

„Alles, mein Kind", antwortete der Commissario, *„dann hättest du gewusst, dass Zamperoni vorzeitig aus der Haft entlassen wurde, weil er krank ist."*

Die Bezeichnung „mein Kind" berührte Antonella. So hatte sie der Commissario bisher noch nie genannt. Sie schwärmte schon geraume Zeit für den älteren Herrn, und vielleicht war es sogar Liebe, die sie für ihn empfand.

Aber jetzt wurde ihr bewusst, dass der Commissario väterliche Gefühle für sie hegte, und der Gedanke gefiel ihr. Er gefiel ihr sogar sehr. Vielleicht auch deshalb, weil sie von ihrer Mutter allein erzogen wurde und sie nie erfahren hatte, wer ihr Vater ist.

„Was hat Zamperoni denn?", fragte Antonella.

„Amyotrophe Lateralsklerose, besser als <ALS> bekannt", antwortete der Commissario.

„Das kenne ich nicht", antwortete Antonella, *„was ist das?"*

„ALS ist eine heimtückische Krankheit, für die es keine Heilung gibt", antwortete der Commissario.

„Eine Folge der Muskelatrophie ist die allgemeine Kraftlosigkeit der betroffenen Regionen. Zamperoni hätte gar nicht die Kraft gehabt jemanden zu ermorden."

„Und warum hat der Ispettore das nicht gesehen?", fragte Antonella.

50

„*Weil er ein <stronzo di merda> ist*", antwortete der Commissario, „*der raubt mir noch den letzten Nerv.*"

„*Aber, aber, Commissario*", sagte Antonella, die über den Kraftausdruck ihres Chefs verwundert war.

„*Ich habe einen gewissen Avvocato Mancini einbestellt*", überging der Commissario die Bemerkung von Antonella, „*sobald er da ist, möchte ich informiert werden.*

Und finde bitte heraus, ob es weitere Personen gibt, welche die Richterin verknackt hat, und die ihr gegenüber Mordgelüste geäußert haben.

Und dieses Mal schaust du dir die Akten vorher an, bevor ihr einen Verdächtigen hierherholt. Und wenn Rossi dabei Probleme machen sollte, dann sagst du mir das."

„*Ist gut, Commissario*", antwortete Antonella, „*ein zweites <Luca Zamperoni> wird es nicht geben.*"

„*Das will ich hoffen*", erwiderte der Commissario, „*und jetzt hinaus mit dir.*"

Antonella ging in Richtung Tür. Kurz bevor sie dort war, drehte sie sich um, salutierte mit einem leichten Grinsen und verließ dann das Büro ihres Chefs.

*****

„*In welcher Beziehung standen Sie zu Signora Pirelli?*"

Der Commissario sah den Avvocato an, und er glaubte ein leichtes Zusammenzucken bemerkt zu haben.

Avvocato Mancini war ein Mann in den besten Jahren, gutaussehend und in feinstem Zwirn gekleidet.

„*Ich bin mit der Familie Pirelli seit vielen Jahren befreundet, und ich bin auch ihr Anwalt*", antwortete der Avvocato sichtlich nervös.

„*Das war nicht meine Frage, Avvocato*", erwiderte der Commissario, „*und ich frage Sie noch einmal:*

„*In welchem Verhältnis standen Sie zu Signora Pirelli?*"

Dieses Mal betonte der Commissario das SIE in seiner Frage.

Avvocato Mancini nestelte an seiner Krawatte herum, räusperte sich mehrere Male, um dann zu antworten:

„*Wir standen uns nah, die Signora und ich.*"

„*Wie nah, Avvocato?*", setzte der Commissario nach, und holte dann zum alles vernichtenden Schlag aus:

„*Hatten Sie eine Liebesbeziehung, Avvocato?*"

„Ja ", kam die heftige Antwort des Avvocato.

Er hatte es förmlich herausgestoßen. Gerade so, als wolle er sich von einer drückenden Last befreien.

„Wie lange ging das schon? ", fragte der Commissario.

„Etwa zwei Jahre ", antwortete der Avvocato.

„Und wusste Signore Pirelli davon? ", fragte der Commissario.

„Ich glaube nicht ", antwortete der Avvocato.

„Aber sicher sind Sie sich nicht? ", fragte der Commissario.

„Nein ", antwortete der Avvocato.

Damit wurde vor den Augen des Commissario Signore Pirelli plötzlich zum Tatverdächtigen.

„Wann haben Sie die Signora zum letzten Mal gesehen oder gesprochen? ", fragte der Commissario weiter.

„Das weiß ich nicht mehr so genau; das ist schon eine Weile her ", antwortete der Avvocato.

„Seltsam ", sagte der Commissario, *„laut den Verbindungsnachweisen Ihres Telefonanbieters haben Sie in der letzten Woche mehrmals mit der Signora telefoniert. Oder hat Ihre Gattin das Telefon benützt? "*

Der Commissario konnte sich den letzten Zusatz einfach nicht verkneifen.

„Wenn Sie schon alles wissen, dann haben Sie auch gesehen, dass ich noch gestern versucht habe Signora Pirelli anzurufen", versuchte der Avvocato sich zu rechtfertigen und fuhr dann fort:

Und da war sie ja schon tot, wie Sie gesagt haben. Und mit einer Toten zu telefonieren macht ja wohl keinen Sinn, oder?"

Commissario Gallo lächelte. Er genoss es, wie sich sein Gegenüber mit Leibeskräften bemühte sich aus dem Dunstkreis eines Mordverdächtigen herauszuwinden.

„Das heißt gar nichts", antwortete der Commissario, *„das kann auch Kalkül sein. Besonders wenn die betroffene Person über eine ordentliche Portion Intelligenz verfügt, wie ich das bei Ihnen wohl voraussetzen darf, Avvocato."*

Auf der Stirn des Avvocato bildeten sich erste Schweißperlen. Die Souveränität, mit welcher er den Raum betreten hatte, war ihm peu à peu abhandengekommen.

Dann stellte der Commissario dem Befragten die obligate Frage:

„Wo waren Sie am vergangenen Sonntag zwischen 15:00 und 20:00 Uhr?"

„Zuhause bei meiner Familie", antwortete der Avvocato, und als er das sagte, ging ein Leuchten über sein Gesicht.

„Ich habe ein Alibi; ich kann es gar nicht gewesen sein", sagte er jauchzend vor Freude, und er schickte sofort hinterher:

„Kann ich gehen?"

„Verschwinden Sie", antwortete der Commissario, der auch nicht eine Sekunde an die Schuld des Mannes geglaubt hatte.

Aber die Vorgangsweise bei der Polizei erfordert nun einmal alle Verdächtigen zu befragen. Und noch vor wenigen Augenblicken hatte sich ein neuer Hauptverdächtiger ergeben: Cavaliere Ernesto Pirelli.

*****

Am nächsten Morgen führte der erste Weg des Commissario zum Vice Questore.

„Ich habe einen Anruf aus dem Justizministerium bekommen."

Mit diesen Worten erwiderte der Vice Questore den Gutenmorgengruß des Commissario und fuhr mit gestrengem Blick fort:

„*Wieso haben Sie Signore Pirelli für heute vorge-
laden? Haben Sie auch nur eine Sekunde lang be-
dacht, was für Folgen das haben könnte?*"

„*Nein*", antwortete der Commissario, „*denn ich
weiß ja noch nicht, was die Befragung erbringen
wird.*"

„*Was wollen Sie überhaupt von Signore Pirelli?*",
schnaubte der Vice Questore weiter.

„*Nach Möglichkeit die Wahrheit erfahren*", antwortete der Commissario, der – nachdem er dies gesagt hatte – an der ansteigenden Errötung vom Kopf
seines Vorgesetzten erkennen musste, dass er sich
gerade auf sehr dünnem Eis bewegte.

Daher nahm er blitzartig den ironischen Ton zurück und ergänzte:

„*Es haben sich neue Erkenntnisse ergeben und
daraus resultierend schwere Verdachtsmomente gegen Signore Pirelli.*"

Im Kopf des Vice Questore schwirrten die Gedanken wie wild hin und her. Einerseits saß ihm der Anruf aus dem Ministerium im Nacken, und andererseits
konnte er sich bisher immer auf die tadellose Arbeit
und das untrügliche Gespür seines besten Mannes
verlassen.

„*Gehen Sie behutsam vor, Commissario, und halten Sie mich auf dem Laufenden.*"

Commissario Gallo verbeugte sich leicht, um seinen Respekt gegenüber dem Vice Questore zu bekunden, mit dem er auf keinen Fall hätte tauschen wollen, und verließ mit dem Geschmack des Sieges das Zimmer.

Der Commissario hatte sich in seinem bisherigen Leben als Kriminalbeamter noch niemals vor einem anderen Menschen aus Angst gebeugt.

Weder vor einem Vorgesetzten, noch vor irgendwelchen Beschuldigten, nur weil diese Verbindungen in höchste politische Instanzen hatten.

Und er würde sich auch nicht vor einem Wirtschaftsmagnaten beugen, selbst dann nicht, wenn er Träger des „Ordine al Merito del Lavoro" war.

*****

„Vielen Dank, Cavaliere, dass Sie meiner Einladung zum Gespräch gefolgt sind."

Ähnlich wie bei einem Schachspiel ist die Eröffnung oft das Wichtigste. Von diesem Gedanken geleitet, begrüßte der Commissario Signore Ernesto Pirelli mit größter Höflichkeit.

„Sie sind ein Schlitzohr, Commissario", entgegnete der Cavaliere, *„man kann wohl kaum bei einer Vorladung von einer Einladung sprechen.*

Ich habe mir daher erlaubt meinen Sohn Cesare, seines Zeichens Anwalt, als Verstärkung mitzubringen."

Der Commissario begrüßte auch den Begleiter des Cavaliere.

„Es tut mir leid, meine Herren, dass ich Ihnen außer Kaffee und Tee oder einem Wasser nichts anderes anbieten kann. Aber mit den exquisiten Getränken Ihres Herrn Papas könnte ich sowieso nicht mithalten."

Die Männer lachten ob dieser Bemerkung, was sichtlich zu einer leichten Entspannung der Situation beitrug.

„Was haben Sie dieses Mal auf dem Herzen, mein lieber Commissario?", fragte der Cavaliere und fügte noch hinzu:

„Ein kleiner Espresso wäre ganz nett."

Der Commissario machte eine entsprechende Handbewegung in Richtung Spiegel, was den Cavaliere wiederum veranlasste zu sagen:

„Befindet sich hinter dem Spiegel das Servicepersonal?"

Ein erneuter kleiner Lacher war die Folge.

Commissario Gallo wartete noch, bis der gewünschte Espresso gebracht worden war und begann dann mit der eigentlichen Befragung:

„Verehrter Cavaliere, es haben sich neue Erkenntnisse ergeben, die mich veranlassen Ihnen noch ein paar ergänzende Fragen zu stellen."

„Es handelt sich hier um reine Routinefragen, nichtwahr?", scherzte der Cavaliere, indem er genüsslich an seinem Espresso schlürfte. *„Man kennt das ja vom Fernsehen."*

„So ähnlich, Cavaliere", antwortete der Commissario, *„nur dass wir hier einen ernsten Hintergrund haben."*

„Gewiss doch, Commissario", antwortet der Cavaliere in einem ernsten Tonfall, und damit hatte sich der Spaßfaktor aus dem Gespräch verabschiedet.

„Kennen Sie den Avvocato Mancini?"

Die Frage traf den Cavaliere wie ein Peitschenschlag, ohne jedoch auch nur die geringste Wirkung zu zeigen.

„Meinen Sie den Rechtsverdreher?", fragte der Cavaliere zurück, *„ja, den Herrn kenne ich."*

Commissario Gallo beschloss ein stärkeres Geschütz aufzufahren.

„*Und wissen Sie auch, dass er ein Verhältnis mit Ihrer Frau hatte?*"

Der Vice Questore, der sich zwischenzeitlich in den Nebenraum begeben hatte, wo der Ispettore und Antonella schon gespannt der Befragung lauschten, fiel beinahe in Ohnmacht, als er die Frage hörte.

„*Mein Gott*", sagte er tonlos, „*jetzt hat der Commissario völlig den Verstand verloren.*"

Zur großen Überraschung – sowohl von Commissario Gallo, als auch von den Zuschauern und Zuhörern hinter dem Spiegel – reagierte der Cavaliere völlig entspannt auf diese Frage.

„*Natürlich weiß ich das, Commissario*", antwortete der Cavaliere, „*meine liebe Aurora und ich führten eine offene Ehe, wenn Sie wissen, was das bedeutet.*"

Zum ersten Mal in seiner Laufbahn wurde der Commissario leicht verunsichert. War der Cavaliere das Unschuldslamm, das er gerade gekonnt darbot, oder ein mit allen Wassern gewaschener Verbrecher.

„*Muss ich davon ausgehen, dass Sie meinen Mandanten als Mordverdächtigen befragen?*", meldete sich jetzt der Sohn des Cavaliere zu Wort.

„*Nicht als den Verdächtigen per se*", wand sich der Commissario heraus, um ein JA auf die gestellte Frage zu vermeiden. „*Wir überprüfen lediglich die Alibis der Personen, die ein Motiv haben könnten.*"

„*Und von welchem Motiv reden wir hier?*", fragte der Anwalt.

„*Vom ältesten Motiv der Welt, Herr Anwalt*", antwortete der Commissario, der gerade wieder Oberwasser verspürte, „*von Eifersucht.*"

Der Cavaliere sprang aus seinem Stuhl und schrie:

„*Wollen Sie mir allen Ernstes unterstellen, ich hätte meine Frau ermordet?*"

„*Und?*", fragte der Commissario, „*haben Sie?*"

„*Das kostet Sie ihren Job*", schrie der Cavaliere, der sich gerade am Rand eines Herzinfarktes bewegte, „*ich werde dafür sorgen, dass Sie in Zukunft den Verkehr regeln werden.*"

„*Aber vorher beantworten Sie meine Frage*", sagte der Commissario, der sich von dem Wutausbruch des Cavaliere nicht aus der Ruhe bringen ließ. Solche Szenen hatte er schon oft und zur Genüge erlebt.

„*Haben Sie Ihre Ehefrau, Signora Aurora Pirelli ermordet?*"

Ernesto Pirelli hatte sich wieder niedergesetzt und starrte den Commissario reglos an. Sein Gesicht hatte sich dunkelrot verfärbt und seine Atmung ging schwer.

„*Ich habe meine Ehefrau nicht ermordet*", begann er nach einem langen Moment des Schweigens, „*und

ich werde jetzt aufstehen und bei der Tür hinausge-
hen."

„Sie werden erst dann gehen, wenn ich das sage",
erwiderte der Commissario in einem völlig ruhigen
Ton.

Die beiden Kontrahenten fixierten sich gegenseitig.
Die Szenerie glich einem mittelalterlichen Turnier.
Die Visiere waren heruntergeklappt und die Kämpfer
stürmten aufeinander zu.

Der Sohn des Cavaliere hatte das verbale Gefecht
tatenlos verfolgt, und er wirkte fast ein wenig hilflos.
Was die beiden Alphamännchen gerade aufgeführt
hatten, überstieg seine Vorstellungskraft.

Sein bisheriger Tätigkeitsbereich erstreckte sich
auf Verkehrsdelikte und kleinere Vergehen, wie Dieb-
stahl und Einbrüche.

Er war ein kleiner Adlatus in einer renommierten
Kanzlei und hatte die Anstellung wohl auch nur über
die Beziehungen seines Vaters erhalten. Und als ihn
der Vater bat ihn zu begleiten, hatte er nicht den Mut
abzulehnen.

*„Sie können diesen Raum sofort verlassen, wenn
Sie mir ein glaubwürdiges Alibi geliefert haben, Signore Pirelli",* sagte der Commissario und brachte mit
dem Weglassen der Anrede „Cavaliere" deutlich zum
Ausdruck, dass er im Augenblick das Sagen habe.

Der Cavaliere wartete, dachte einen kurzen Moment nach, und sagte dann zu seinem Sohn:

„Geh hinaus und warte dort auf mich!"

Das war ganz eindeutig keine Bitte; das war ein Befehl.

„Aber", versuchte der völlig verunsicherte Sohn sich gegen die Aufforderung zu wehren; jedoch ein einziger Blick seines Vaters ließ ihn sofort wieder verstummen. Er stand auf und ging hinaus.

„Wo waren Sie am vergangenen Sonntag zwischen 15:00 und 20:00 Uhr?"

Der Commissario sagte diesen Satz – ein Klassiker in der Kriminalgeschichte – und er genoss jedes einzelne Wort.

„Zuhause. Commissario", antwortete der Cavaliere, und sein breites Grinsen verhieß nichts Gutes.

„Allein?", fragte der Commissario, und im selben Augenblick, als er das fragte, erahnte er schon die Antwort.

„Nein, Commissario", kam die erwartete Antwort, *„ich hatte Damenbesuch."*

Das immer noch während Grinsen des Cavaliere war ein Insignium dafür, dass die Machtverhältnisse zwischen den beiden Kontrahenten gerade wieder gewechselt hatten.

„Ich brauche Namen, Adresse und Anschrift der Dame", sagte der Commissario und der beginnende Niedergang lastete schwer auf seinen Schultern.

Er war sich in diesem Moment bewusst, dass er sich ein Eigentor geschossen hatte. Denn dass der Cavaliere die Wahrheit sagte, daran herrschte für den Commissario überhaupt kein Zweifel.

Der Cavaliere hatte seiner Brieftasche eine Visitenkarte entnommen und reichte sie dem Commissario. Es war die Visitenkarte einer Escort-Agentur.

„Die Dame heißt übrigens Patrizia; aber ob das ihr richtiger Name oder ihr Künstlername ist, das weiß ich nicht. Ach ja, die Dame war den ganzen Sonntag bei mir und wir hatten eine Menge Spaß."

Der Cavaliere kostete jedes Wort aus und seine Augen leuchteten, als er noch hinzufügte:

„Vielleicht kann einer Ihrer Vasallen das Alibi gleich überprüfen, dann könnten wir dieses unrühmliche Kapitel abschließen.

Diese Agentur hat übrigens eine hervorragende Reputation, und wenn Sie Zweifel daran haben sollten, dann fragen Sie doch Ihren Vice Questore."

Hatte sich der Vice Questore bis hierhin die Haare gerauft ob des tollkühnen Parforceritts seines Commissario, so drohte ihm jetzt ein Herzstillstand.

Er verließ wortlos den Raum hinter dem Spiegel und ließ zwei Beobachter zurück, die allergrößte Mühe hatten ihr Lachen zu verbergen.

Der Commissario tat, wie ihm der Cavaliere empfohlen hatte. Er ging hinaus zu seinen Kollegen, gab ihnen die Visitenkarte und bat um Überprüfung des Alibis.

Schon wenige Minuten später begann sich der Commissario bei Signore Pirelli, dem Träger des „Ordine al Merito del Lavoro" zu entschuldigen.

Am Ende seiner „Bußrede" sagte der Commissario:

„Ich weiß, dass ich über das Ziel hinausgeschossen bin; aber Polizeiarbeit wird nicht mit Glacéhandschuhen gemacht."

„Das verstehe ich, Commissario, das ist im Baugewerbe nicht viel anders", antwortete der Cavaliere. *„Sie waren ein ebenbürtiger Gegner für mich, dem ich meinen vollen Respekt zolle. Und vielleicht trinken wir wieder einmal ein Glas zusammen; ich würde mich freuen."*

„Ich danke Ihnen, Cavaliere", sagte der Commissario, *„und der Titel spiegelt Ihren Charakter wider."*

Der Cavalier stand auf, verbeugte sich leicht vor dem Commissario und wollte sich schon hinausbegeben, als der Commissario sagte:

„Eine Frage brennt mit noch auf den Lippen, Cavaliere."

„Dann fragen Sie, mein Freund", erwiderte der Cavaliere.

„Warum haben Sie Ihren Sohn hinausgeschickt?"

„Weil ich nicht wollte, dass er erfährt, wie sich sein Vater außerehelich vergnügt. Er hat seine Mutter sehr geliebt, und es würde ihn zu sehr schmerzen."

Der Commissario bedankte sich für die Antwort, reichte dem Cavaliere die Hand und sagte:

„Sie sind ein bemerkenswerter Mann, Cavaliere."

Und der Cavaliere lächelte und erwiderte:

„Das sind Sie aber auch, Commissario."

*****

Als Pietro Schneiderhahn nach Hause kam, war er froh, dass er den Tag endlich hinter sich lassen konnte. Die Befragung mit dem Cavaliere hatte ihn viel Substanz gekostet.

Er war sich seiner Sache so sicher und umso größer war das Erwachen, als er erkennen musste, dass er gründlich daneben lag.

Der Vice Questore hatte darauf verzichtet seinen Commissario zum Rapport zu bitten. Er war noch zu sehr seiner Peinlichkeit verhaftet, in Bezug auf die ominöse Visitenkarte.

Hatte Pietro geglaubt sich im Schoße der Familie die Wunden lecken zu können, so wurde er eines Besseren belehrt.

„Larissa hat Liebeskummer."

Mit diesen Worten wurde Pietro von Bianca empfangen, als er bei der Tür hereinkam.

„Mit Angelo?", fragte Pietro.

„Angelo ist schon lange Geschichte", antwortete Bianca, *„der Neue heißt Andrea."*

„Aha", sagte der erstaunte Vater einer pubertierenden Sechzehnjährigen. *„Und wer ist Andrea?"*

„Du kennst ihn", sagte Bianca, *„er ist der Sohn von Ispettore Rossi."*

„Bitte nicht", entgegnete Pietro entrüstet, *„jeder, aber nicht der."*

„Was hast du gegen Andrea?", fragte Bianca.

„*Er ist der Sohn von Rossi*", antwortete Pietro.

„*Ja und?*", fragte Bianca, „*das habe ich doch gerade gesagt.*"

„*Der Apfel fällt gewöhnlich nicht weit vom Stamm*", sagte Pietro.

„*Das ist jetzt aber nicht dein Ernst, Pietro*", sagte Bianca und ihr Blick verfinsterte sich ein wenig.

Bianca hatte „Pietro" gesagt und nicht „Amore mio" oder „Tesoro" wie sonst. Pietro wurde vorsichtig.

„*Du kennst den Knaben doch überhaupt nicht*", tastete sich Pietro vorsichtig in Feindesland.

„*Wer sagt das denn?*", erwiderte Bianca.

„*Kennst du ihn oder nicht?*", fragte Pietro.

„*Natürlich kenne ich Andrea*", entwaffnete Bianca den Diskutanten, der sich höchst überrascht gab.

„*Wie? Du kennst ihn?*", fragte Pietro völlig entgeistert.

„*Natürlich kenne ich ihn*", antwortete Bianca, „*er war schon einige Male hier.*"

„*Was? Hier bei uns?*"

Das Entsetzen bei Pietro nahm gerade gewaltig zu.

„Heimlich, wenn ich nicht zuhause war", stichelte Pietro.

„Natürlich am Nachmittag, wenn du im Dienst warst", erwiderte Bianca, *„oder hätte er am Abend kommen sollen, wenn du zuhause bist, und dann vielleicht noch über Nacht bleiben?"*

Die Diskussion näherte sich unaufhaltsam ihren Höhepunkt und Gefahr war im Verzug.

„Ich hole mir ein Bier", sagte Pietro, *„möchtest du vielleicht auch eines?"*

Pietro hatte im Laufe ihrer gemeinsamen Ehejahre gelernt, wann er die Reißleine ziehen musste. In der Questura war er der Chef – wenn man von dem Vice Questore einmal absieht – und zuhause hatte Bianca das Sagen.

Als sie später im Bett lagen, begann Pietro zaghafte Annäherungsversuche.

„Ich kann mich noch gut erinnern, als Larissa geboren wurde. Sie war so klein und zerbrechlich. Und jetzt macht sie schon mit Jungens herum."

„Unsere Tochter macht nicht herum", wies Bianca Pietro auf dessen unglückliche Wortwahl hin.

„So habe ich das doch gar nicht gemeint", versuchte Pietro sich zu rechtfertigen.

„Aber du hast es so gesagt", gab Bianca zurück.

Der Tonfall, mit dem Bianca das gesagt hatte, ließ erkennen, dass ein Waffenstillstand in greifbare Nähe gerückt war.

„Als ich dich kennen und lieben gelernt habe, warst du ein schnurrendes und anschmiegsames Kätzchen und total liebevoll", sagte Pietro, seinen Blick auf die Decke des Schlafzimmers gerichtet.

Nach einer kurzen Pause schnappte die Falle zu.

„Und jetzt?", kam der Wunsch nach Befriedigung weiblicher Neugier.

„Jetzt bist du ein fauchender, wilder Tiger."

Und noch bevor Pietro sein Statement zu Ende bringen konnte, fiel der Tiger über ihn her.

Bianca warf sich auf Pietro und drückte ihm ein kleines Kissen ins Gesicht.

„Du Schuft", rief Bianca lachend, *„du elender Schuft!"*

Als Pietro wieder mehr Luft bekam, vollendete er seine Aussage:

„Aber du bist noch immer total liebevoll, und ich könnte mir ein Leben ohne dich nicht vorstellen."

Bianca bekam Tränen in die Augen, als sie das hörte. Sie bedeckte Pietros Gesicht mit Küssen und sagte immer wieder:

„Ti amo, mia cara!"

Nachdem sie sich geliebt hatten, lagen sie noch lange Zeit fest aneinandergeschmiegt nebeneinander.

Und bevor Bianca das Licht löschte, sagte sie noch:

„Ich werde Signore und Signora Rossi mit ihrem Sohn Andrea am nächsten Sonntag zum Essen einladen, und du wirst morgen Signore Rossi die Einladung überbringen."

Pietro wollte opponieren, wurde aber durch ein „Buoananotte, amore mio" darauf aufmerksam gemacht, dass die Einladung nicht verhandelbar wäre und damit basta!

*****

Am nächsten Morgen wartete Antonella mit einer bemerkenswerten Entdeckung auf.

„Wir haben doch ein paar Bilder, welche uns Signore Pirelli überlassen hat, auf dem das gestohlene Lederhalsband mit dem goldenen Herzen zu sehen ist."

„Ja und?", entgegnete der Commissario, *„was ist damit?"*

Antonella reichte dem Commissario eine Lupe mit den Worten:

„Schauen Sie sich das Gesicht von Signora Pirelli genau an. Was fällt Ihnen da auf?"

Der Commissario sah sich die Bilder an und sagte dann:

„Ich weiß nicht, worauf du hinauswillst, Antonella. Erhelle mich!"

„Auf all diesen Bildern ist die Signora unge-schminkt. Sie trägt auch keinen Lippenstift", entgegnete Antonella und sah ihren Chef dabei erwartungsvoll an.

„Das sehe ich auch", sagte der Commissario, *„aber ich weiß noch immer nicht, was du mir damit bedeuten willst."*

Antonella nahm die Fotos der Toten und legte sie neben die Bilder der lebenden Signorina.

„Jetzt weiß ich, was du meinst", sagte der Commissario, *„du bist ein Tausendsassa."*

Dann ging er zum Telefon und wählte die Nummer des Cavaliere. Er bat ihn um einen kurzen Besuch, und der Cavaliere stimmte dem zu.

Nur zwei Stunden später wurde er vom Cavaliere empfangen.

„*Commissario, ich freue mich Sie zu sehen*", begrüßte der Cavaliere den Commissario, holte unvermittelt zwei Cognacgläser und füllte sie mit dem edlen Tropfen.

„*Salute, Commissario*", sagte der Cavaliere und prostete seinem Gast zu.

„*Ich hoffe, damit sind alle Feindseligkeiten begraben*", fügte der Cavaliere scherzend hinzu, und der Commissario beteuerte seinem Gastgeber, dass es so etwas nie zwischen ihnen gegeben habe, und dass er ganz einfach nur seine Arbeit gemacht hätte.

„*Sie sagten am Telefon, Sie bräuchten meine Hilfe*", sagte der Cavaliere, sichtlich geschmeichelt.

„*So ist es, verehrter Cavaliere*", antwortete der Commissario.

„*Sagen Sie doch <Ernesto> zu mir, mein Lieber*" bot sich der Cavaliere an, „*und ich darf Sie <Pietro> nennen. Was halten Sie davon?*"

„*Es wäre mir eine Ehre und ein großes Vergnügen*", log Pietro das Blaue vom Himmel, denn auf eine Freundschaft mit dem vor ihm Sitzenden legte er bei Gott nicht den geringsten Wert.

Aber der Zweck heiligt nun einmal die Mittel, und so betrachtete der Commissario die kleine Lüge als eine eher lässliche Sünde.

„*Wie kann ich Ihnen helfen, Pietro?*", fragte der Cavaliere, sichtlich erfreut über die soeben vollzogene Verbrüderung.

„*Ich möchte Ihnen ein Bild zeigen, und ich hoffe, es erschreckt Sie nicht zu sehr.*"

Der Commissario zeigte dem Cavaliere ein Bild von dem Mordopfer, auf dem klar erkennbar war, dass die Tote stark geschminkt war. Besonders auffällig war der rote Mund.

„*Wie Sie sehen können, verehrter Ernesto, hat sich Ihre Gattin auffällig geschminkt, bevor sie sich mit ihrem Mörder getroffen hat.*"

„*Das ist blanker Unsinn, Pietro*", entgegnete der Cavaliere harsch, „*meine Gattin hat sich niemals ge-schminkt.*"

„*Ich kann verstehen, dass Sie der Anblick der Fotografie erregt*", sagte der Commissario, „*aber Sie sehen doch, dass die Signora geschminkt ist.*"

„*Natürlich sehe ich das, Pietro*", entgegnete der Cavaliere, „*aber Aurora hat sich ganz sicher nicht geschminkt, weil sie allergisch dagegen ist. Das war auch mit ein Grund, dass sie so selten das Haus verließ.*"

Der Commissario hielt inne. Die Überraschung stand im klar ins Gesicht geschrieben.

„*Aber warum haben Sie nichts gesagt, als Sie das Bild zum ersten Mal gesehen haben?*", fragte er ganz erstaunt.

„*Weil ich gedacht habe, dass Sie von Ihnen geschminkt worden war. Vielleicht von dem Gerichtsmediziner oder schon vorab von dem Bestatter*", antwortet der Cavalier bestürzt.

„*Das ergibt ein völlig neues Bild*", sagte der Commissario, „*hätten wir das nur schon früher gewusst.*"

„*Es tut mir leid, Pietro*", sagte der Cavaliere, „*bitte entschuldigen Sie, mein Freund!*"

„*Das ist schon in Ordnung, Ernesto*", antwortete Pietro, und der Mann, dem gerade Tränen in die Augen stiegen, tat ihm fast ein wenig leid…

*****

„*Buongiorno! Ich habe uns von Mario ein paar <Panini d'autore> mitgebracht.*"

Mit diesen Worten begrüßte Commissario Gallo seine beiden Mitarbeiter. Unweit der Questura lag ein kleiner Laden mit dem Namen „Da Mario", wo es diese köstlichen belegten Brote gab.

„Antonella, du kochst Kaffee für uns, und Sie, Ispettore, begleiten mich zu Dottore Santini, und wenn wir zurück sind, dann frühstücken wir gemeinsam."

Die beiden Mitarbeiter des Commissario staunten nicht schlecht über den ungewohnten Auftritt ihres Chefs. Rossi im Besonderen, weil ihn der Commissario zum ersten Mal „Ispettore" genannt hatte.

Als er wenig später mit dem Commissario im Auto saß, auf dem Weg zum „Istituto di medicina forense", folgte die nächste Überraschung.

„Meine Gattin möchte Sie mit Ihrer Familie am nächsten Sonntag zum Essen einladen."

Ispettore Rossi glaubte seinen Ohren nicht zu trauen, als er dies hörte. Und als der Commissario noch ergänzte: *„Natürlich nur, wenn es Ihnen passt und Sie auch Zeit haben",* platzte es förmlich aus dem Ispettore heraus:

„Mit dem größten Vergnügen, Commissario, meine Frau wird sich sehr darüber freuen und ich natürlich auch."

„Wie Ihnen sicherlich nicht entgangen sein wird, pflegen Ihr Sohn und meine Tochter einen gewissen Kontakt", fuhr der Commissario fort, *und ich hoffe doch sehr, dass Ihr Andrea verantwortungsvoll damit umgeht."*

„*Da können Sie völlig beruhigt sein, Commissario*", entgegnete der Ispettore, „*ich bin sicher, mein Andrea benutzt Präservative.*"

Commissario Gallo wäre um ein Haar dem Vordermann aufgefahren, als dieser bei einer Ampel bremste.

„*Wollen Sie etwa damit behaupten, die beiden hätten schon...*"

Weiter kam der Commissario nicht, denn der Ispettore beeilte sich zu beschwichtigen:

„*Nein, nein, Commissario, ich wollte damit nur sagen, dass wenn die beiden...*"

Jetzt war es der Commissario, der dem Ispettore ins Wort fiel:

„*Lassen Sie es gut sein, Rossi, wir reden später weiter.*"

Die Tatsache, dass ihn der Commissario wieder nur „Rossi" genannt hatte, ließ den armen Ispettore annehmen, dass er wohl in ein größeres Fettnäpfchen getreten war.

Der Rest der Fahrt verlief schweigend, und der Ispettore war sichtlich erleichtert, als sie endlich beim Rechtsmedizinischen Institut angelangt waren.

„*Was ist so wichtig, dass du noch einmal zu mir kommst?*", fragte Dottore Santini seinen Freund.

„Als du die Leiche in der Villa d'Este begutachtet hast, hast du zu mir gesagt, dass von der Signora ein ganz bestimmter Duft ausging", antwortete der Commissario, „kannst du dich daran erinnern?"

„Natürlich Pietro", antwortete der Mediziner, „und inzwischen weiß ich auch, um welchen Duft es sich dabei gehandelt hat."

„Sag schon, Franzi", drängelte der Commissario ungeduldig, „und mach es nicht so spannend."

„Soir de Paris", sagte Dottore Santini triumphierend, „ein unverkennbarer Duft. Die Kombination von Bergamotte, Pfirsich, Aprikose und Veilchen, einfach himmlisch. Und dann noch die Herznoten wie Rose, Jasmin, Maiglöckchen und Iris, was für ein Rausch der Sinne."

„Und das Ganze in einem tintenblauen Fläschchen", steuerte der Ispettore beflissen bei.

„Woher wisst ihr das alles?", fragte der Commissario völlig verwirrt.

„Mein Wissen stammt aus dem Internet", desillusionierte der Dottore den Commissario, „aber woher wissen Sie das von dem Fläschchen, Ispettore?"

„Meine Mutter – Gott hab sie selig – hat das Parfum benutzt, als ich klein war", antwortete der Ispettore stolz.

„Soir de Paris ist ein typischer Frauenduft", ergänzte der Dottore noch seinen Bericht, *„er wurde früher viel getragen. Die jungen Frauen haben heute andere Präferenzen, was Düfte angeht."*

„Ich glaube, dass der Mörder von Signora Pirelli eine Frau war und kein Mann."

Commissario Gallo schaute überrascht zu seinem Ispettore, von dem dieser Satz gekommen war.

„Das ist gar nicht so abwegig", unterstützte der Dottore den Ispettore, *„zuerst die K.O.-Tropfen und dann die Messerorgie, da ist sehr viel Wut im Spiel."*

„Kompliment, Ispettore", sagte der Commissario, *„ein sehr guter Ansatz, ich denke, damit lässt sich etwas anfangen."*

„Vielen Dank, Commissario", erwiderte der Ispettore, der einer aufkeimenden Freude darüber Raum gab, dass er in der Gunst des Commissario gerade eben wieder ein kleines Stück nach oben gerutscht war.

Der Commissario bedankte sich bei dem Dottore, und dann fuhr er mit dem Ispettore wieder zurück in die Questura.

„Reden Sie mit Andrea darüber, dass er ja die Finger von meiner Tochter lassen soll", sagte der Commissario, *„ich meine die gewisse Sache, Sie wissen schon, Ispettore."*

„*Sie können sich darauf verlassen, Commissario*", antwortete der Ispettore, „*ich werde mir den Knaben zur Brust nehmen.*"

„*Das wollte ich hören, Giuseppe*", antwortete der Commissario, „*und jetzt gehen wir erst einmal frühstücken.*"

In den Ohren von Ispettore Giuseppe Rossi klangen diese Worte wie Engelsgesang, und im Stillen dachte er daran, dass vielleicht sogar - in nicht allzu ferner Zukunft - verwandtschaftliche Bande mit dem Commissario geknüpft werden könnten.

„*Das könnten wir ruhig jeden Tag machen*", sagte der Ispettore, der nach dem Frühstück noch immer in einer freudentrunkenen Stimmung gefangen war.

„*Das wohl eher nicht*", lachte Antonella, „*aber einmal in der Woche, das wäre sehr schön und vielleicht sogar sinnvoll.*"

„*Sachte, Sachte, Herrschaften*", sagte der Commissario, „*aber ich werde darüber nachdenken.*"

„*Ispettore, Sie durchleuchten die Gattin von Avvocato Mancini, und Antonella, du suchst heraus, ob Signora Pirelli auch Frauen verknackt hat, und wenn, ob es Drohbriefe gegeben hat. Ich werde indessen zu <Il Cantante> gehen und Bericht erstatten.*"

*****

80

„*Ah, Commissario, ich wollte schon nach Ihnen schicken*", empfing der Vice Questore seinen besten Mann, „*Sie haben sich ja schon ewig nicht mehr blicken lassen.*"

Commissario Gallo wusste nur allzu genau, warum dies der Fall war. Normalerweise musste er alle naselang zum Rapport. Aber in letzter Zeit hatte der Vice Questore kein Verlangen nach ihm gezeigt.

Die kompromittierende Bemerkung des Cavaliere, bezogen auf die Escort-Agentur, saß wie ein Stachel im Fleisch des Vice Questore.

„*Es tut mir leid, Vice Questore*", baute er daher seinem Chef eine goldene Brücke, „*aber es war einfach viel zu tun in letzter Zeit.*"

„*Schwamm drüber, mein Lieber*", nahm der Vice Questore das Geschenk des Commissario gerne an, „*jetzt sind Sie ja da. Berichten Sie, wie ist der Stand der Dinge?*"

„*Es haben sich neue Fakten ergeben. Wir ermitteln jetzt in eine völlig neue Richtung*", antwortete der Commissario.

„*Wie darf ich das verstehen, Commissario?*"

„*Wir gehen jetzt davon aus, dass der Täter weiblich war*", antwortete der Commissario.

„*Das ist ja hochinteressant*", sagte der Vice Questore, „*und wie kommen Sie darauf?*"

Commissario Gallo schilderte seinem Chef, wie er zu diesen neuen Erkenntnissen gekommen war, und der Vice Questore lauschte gebannt seinen Ausführungen.

Als der Commissario am Ende war, sagte der Vice Questore:

„Das bedeutet doch aber auch, dass Signore Pirelli unschuldig ist, nichtwahr?"

„Total unschuldig", antwortete der Commissario.

„Und haben Sie sich schon bei Signore Pirelli für die Unannehmlichkeiten entschuldigt?", setzte der Vice Questore nach.

„Ich war schon bei Ernesto und habe die Angelegenheit aus der Welt geschafft", antwortete der Commissario und blickte in das völlig verblüffte Gesicht seines Vorgesetzten.

„Wenn Sie keine Fragen mehr haben, dann würde ich jetzt gehen wollen", sagte der Commissario, erhob sich und verließ das Büro des Vice Questore, begleitet von einem unverschämten Grinsen.

*****

„Ich freue mich sehr, dass Sie unserer Einladung gefolgt sind."

Mit diesen Worten begrüßte Bianca Esposito-Schneiderhahn Signora Rossi, nebst Gatten Giuseppe und Sprössling Andrea.

„Wir fühlen uns sehr geehrt, verehrte Signora Gallo, und wir danken sehr herzlich für die liebe Einladung."

Giuseppe Rossi stieß seiner Gattin kräftig in die Seite, als er hörte, mit welchem Namen sie die Signora Esposito-Schneiderhahn begrüßt hatte.

Bianca hatte es bemerkt und schüttelte ganz leicht den Kopf in Richtung Signore Rossi, um ihm zu bedeuten, dass ihr die fehlerhafte Anrede nichts ausmachte.

Das hielt Giuseppe Rossi jedoch nicht davon ab, sich für das ungeschickte und völlig unpassende Verhalten seiner Gattin zu entschuldigen.

Es nicht zu tun, war für den stets korrekten Beamten unvorstellbar, und hinzu kam auch, dass er darin eine Respektlosigkeit seiner Gattin gegenüber der Gattin seines direkten Vorgesetzten sah.

„Ich bin untröstlich, Signora", sagte Giuseppe Rossi, *„und ich glaube, es wäre besser, wir würden gleich wieder gehen."*

„*Aber nicht doch, Signore Rossi*", bemühte sich Bianca die Wogen zu glätten und schaute dabei hilfesuchend zu ihrem Gatten Pietro.

„*Das ist sehr freundlich, dass Sie das sagen, Signora Esposito-Schneiderhahn; aber das ist unverzeihlich.*"

Pietro, der den Ispettore viel zu lange kannte, um nicht zu wissen, dass er von seinem Vorhaben nicht ablassen würde, sah sich nun gezwungen einzuschreiten.

„*Jetzt kommen Sie erst einmal herein und setzen Sie sich*", sagte Pietro, und er sagte es in einem Ton, den der Ispettore nur allzu gut von der Dienststelle kannte, und der auch keinerlei Widerspruch duldete.

Signora Rossi hatte inzwischen feuchte Augen bekommen. Bianca nahm sie in den Arm und zog sie hinein ins Zimmer.

„*Es ist alles in Ordnung*", versuchte Bianca die arme Frau zu trösten, die unentwegt – mit schuldhaftem Blick zu Signore Rossi – beteuerte, wie leid ihr die verbale Verfehlung täte.

Die beiden Kinder, Larissa und Andrea, hatten dem Ganzen in einer gewissen Hilflosigkeit beigewohnt und entzogen sich der Peinlichkeit, indem sie hinaus in den Garten gingen.

Und Pietro machte etwas, was er sich noch vor wenigen Augenblicken noch nicht einmal im Traum hätte vorstellen können.

Er stellte vier Gläser auf den Tisch, holte eine Flasche Sekt aus dem Kühlschrank und füllte die Gläser.

„Um die leidige Angelegenheit aus der Welt zu schaffen, werden wir jetzt miteinander anstoßen und uns künftig mit unseren Vornamen ansprechen."

Und Bianca, die gerade wieder einmal verspürte, wie sehr sie diesen Mann liebte, fügte hinzu:

„Das ist eine ganz wunderbare Idee. Salute!"

*****

Ispettore Rossi und Antonella staunten nicht schlecht, als der Commissario Köstlichkeiten aus dem Backshop von Mario auf den Tisch legte.

„Heute schon wieder?", fragte Antonella, *„also machen wir das künftig jeden Tag?"*

„Natürlich nicht", lachte der Commissario, *„ich habe mir nur gedacht, dass es ein guter Einstieg in die neue Arbeitswoche wäre. Das heißt an jedem Montag gibt es ein gemeinsames Arbeitsfrühstück.*

Da können wir dann Ideen austauschen und Konzepte entwickeln."

"Das ist eine sehr gute Idee", pflichtete Ispettore Rossi bei.

"Bei der Gelegenheit hätte ich noch etwas vorzubringen", sagte der Commissario und er sah seine Mitarbeiter abwechselnd dabei an.

"Da ich der ältere von uns bin, möchte ich euch das DU anbieten. Wie ich heiße, wisst ihr ja und eure Namen kenne ich auch."

Die Reaktionen der beiden Mitarbeiter verliefen höchst unterschiedlich. Während Giuseppe Rossi innerlich einen Freudensprung machte, schwankte Antonella zwischen Freude und erschrocken Sein hin und her.

"Aber das geht doch nicht", sagte sie fast unhörbar, *"ich kann Sie doch nicht duzen, Commissario."*

"Und warum nicht, Antonella", fragte der Commissario, *"bin ich dir zu alt?"*

"Nein, nein, Commissario", beeilte sich Antonella zu widersprechen, *"das ist es nicht."*

"Was ist es dann?", fragte der Commissario, begleitet von einem feinen Lächeln.

"Ich weiß es nicht", antwortete Antonella, sichtlich verlegen.

„*Wenn das so ist, Assistente Antonella Tozzi*", sagte der Commissario mit betont ernster Miene, „*dann werde ich Sie künftig wohl mit SIE ansprechen müssen.*"

„*Nicht doch, Commissario*", antwortete Antonella, die jetzt völlig durcheinander war, „*das möchte ich auf gar keinen Fall.*"

„*Dann haben wir jetzt ein Riesenproblem, Antonella*", sagte der Commissario und machte eine kurze Pause, bevor er fortfuhr.

„*Wir probieren das jetzt einfach einmal aus. Und jeder, der aus Versehen SIE sagt, muss für den darauffolgenden Montag das Frühstück besorgen und aus eigener Tasche bezahlen.*

Ansonsten teilen wir die Kosten durch drei. Was haltet ihr davon, meine hoch geschätzten Kollegen?"

„*Ist gebucht, Pietro*", kam die spontane Zusage von Giuseppe, und von Antonella kam ein „*Einverstanden*", nachdem sie der Commissario eindringlich angeschaut hatte.

„*Und jetzt zu unserem Fall*", sagte der Commissario und wandte sich an den Ispettore.

„*Was hast du über die Gattin von Avvocato Mancini herausgefunden?*"

„Die kann es nicht gewesen sein", antwortete der Ispettore, *„die Signora erwartet in den nächsten Tagen ihr zweites Kind."*

„Dann kommt sie wohl schwerlich in Frage", sagte der Commissario und fragte anschließend Antonella:

„Und was hast du zu bieten?"

„Das Recherchieren in den alten Gerichtsakten hat nichts ergeben", antwortete Antonella, *„und außerdem waren nur wenige Frauen unter den Verurteilten durch die Richterin.*

Dann habe ich etwas in der Vergangenheit von Signora Pirelli herumgestochert und festgestellt, dass sie – während ihrer Studienzeit – kein Kind von Traurigkeit war."

„Und weiter, Antonella", drängte der Commissario.

„Nur Geduld, Commissario", sagte Antonella, und der Commissario erwiderte mit dem Ausdruck einer gewissen Schadenfreude:

„Das nächste Frühstück geht auf Rechnung von Signorina Antonella Tozzi."

Antonella ließ sich vom Lachen ihres Kollegen Rossi anstecken, dem dieses Spiel sichtlich Vergnügen bereitete. Dann fuhr sie fort:

"Ich habe mir von der Universität die Ausgabe einer Studentenzeitung vom Abschlussjahr der Studentin Aurora Pirelli, damals noch Aurora Bartolini, zeigen lassen und eine interessante Entdeckung gemacht."

"Mach es doch nicht spannend, Antonella", sagte der Ispettore, und der Commissario ergänzte:

"Nun sag schon, was du gefunden hast."

"Es gab eine ziemlich beste Freundin", antwortete Antonella und sie genoss ihren Auftritt in vollen Zügen.

"Hast du auch einen Namen?", fragte der Commissario.

"Stephanie Hillinger", antwortete Antonella.

"Das ist kein italienischer Name", sagte der Commissario, und der Ispettore fügte hinzu:

"Aber vielleicht einer aus Südtirol."

"Beinahe, Giuseppe", erwiderte Antonella, *"die Dame stammt aus Österreich."*

"Soweit so gut", sagte der Commissario, *"ich verstehe nur nicht, was es mit Signora Hillinger auf sich haben soll."*

"Dann sieh dir einmal diese Bilder an", sagte Antonella und legte Fotos von Bildern auf den Tisch,

welche sie aus der Studentenzeitung abfotografiert hatte.

Sie zeigten Signora Pirelli und Stephanie Hillinger auf mehreren gemeinsamen Aufnahmen und meistens eng umschlungen.

„Ich kann da nichts Besonderes erkennen", sagte der Commissario, und Antonella entgegnete:

„Das kannst du auch nicht, weil du ein Mann bist."

„Was soll das denn heißen?", fragte der Commissario erstaunt.

„Es ist die Art, wie Stephanie Aurora anschaut. Die beiden waren offenbar ineinander verliebt."

„Aber das ist doch Unsinn", sagte der Commissario, *„Signora Pirelli war mit einem Mann verheiratet und sie hatten sogar Kinder gemeinsam."*

„Du hast eine recht antiquierte Weltanschauung", sagte Antonella lächelnd, *„es gibt heterosexuell, homosexuell und bisexuell. Und ich kann dir auch gern erklären, was die einzelnen sexuellen Ausrichtungen bedeuten."*

„Pass auf, junge Dame", sagte der Commissario, *„nur weil wir jetzt per DU sind, heißt das noch lange nicht, dass du frech werden kannst."*

Antonella, der ganz offensichtlich entgangen war, dass der Commissario das in einem scherzhaften Ton gesagt hatte, lief dunkelrot an uns stammelte:

„Bitte, entschuldigen Sie, Commissario, ich wollte nicht respektlos sein. "

„Das war doch nur ein Scherz, Antonella", antwortete der Commissario lachend, *„und außerdem hast du gerade die Ausrichtung eines weiteren Frühstücks gewonnen. "*

Jetzt lachten alle drei und irgendwie waren sie gerade dabei ein wenig näher zusammenzurücken.

„Haben wir eine Adresse von dieser Stephanie Hillinger? ", fragte der Commissario.

„Leider nicht", antwortete Antonella, *„aber ich treffe morgen eine gewisse Tina Bosco, eine ehemalige Kommilitonin der beiden. Sie wohnt mit ihrer Familie in Pomezia. "*

„Mach das Antonella und nimm Giuseppe mit", sagte der Commissario.

„Ich kann mir nicht vorstellen, warum diese Stephanie Hillinger oder irgend sonst jemand – nach so vielen Jahren – plötzlich Mordgelüste gegen eine ehemalige Studienkollegin haben sollte. "

Es war der Ispettore, der mit diesen Worten die Illusion zerstörte, welche von Antonella gerade aufgebaut worden war.

„Giuseppe hat recht", sagte der Commissario, „das Ganze ergibt überhaupt keinen Sinn. Wir stecken in einer Sackgasse..."

„Dann soll ich also nicht zu Tina Bosco fahren und sie nach damals befragen?", sagte Antonella enttäuscht.

Der Commissario dachte kurz nach und sagte dann:

„Fahr ruhig hin, Antonella, es kann ja nicht schaden."

„Soll ich mit Antonella mitfahren?", fragte der Ispettore und der Commissario antwortete:

„Nein, ich brauche dich hier. Wir müssen noch einmal alles durchforsten; irgendetwas übersehen wir."

*****

„Darf ich Ihnen einen Kaffee anbieten?"

„Danke, gern, Signora", antwortete Antonella.

Tina Bosco hatte einem Treffen sofort zugesagt, als Antonella am Tag zuvor telefonisch bei ihr angefragt hatte.

„*Können Sie sich noch an Aurora Pirelli erinnern? Früher hieß sie aber noch Bartolini.*"

„*Ich habe mich sofort an sie erinnert, als ich von dem Mord in der Villa d'Este gelesen habe*", antwortete Signora Bosco.

„*Und das nach so langer Zeit?*", fragte Antonella, „*oder haben Sie sich nach der Studienzeit noch gesehen?*"

„*Anfänglich schon*", antwortete Tina Bosco, „*aber als sie dann in höheren Kreisen verkehrte, haben wir uns aus den Augen verloren.*"

„*Wie war das damals in Ihrer gemeinsamen Studienzeit?*", fragte Antonella weiter, „*Signora Pirelli soll ja ein wilder Feger gewesen sein.*"

Antonella sagte das im Hinblick auf die Bilder, welche sie in der Studentenzeitung gesehen hatte.

„*Das war Aurora auch*", sagte Tina Bosco mit einem Lächeln, das der Erinnerung geschuldet war, „*in ihrer Nähe da brannte die Luft.*"

„*Wie meinem sie das, Signora Bosco?*", fragte Antonella und die Signora antwortete:

„*Warten Sie, ich zeige Ihnen etwas.*"

Tina Bosco stand auf und holte ein Fotoalbum. Sie schlug es auf und zeigte Antonella Bilder aus ihrer gemeinsamen Studienzeit mit Aurora Pirelli.

„Damals waren alle hinter ihr her ", sagte Signora Bosco.

„Wen genau meinen sie mit <alle>; meinen sie die jungen Männer? ", setzte Antonella nach.

„Die jungen Männer, weil sie mit Aurora ins Bett wollten, und die Mädchen, weil sie sein wollten wie Aurora ", antwortete Signora Bosco.

„Waren Ihre Studienkolleginnen nicht eifersüchtig auf Aurora? ", fragte Antonella überrascht.

„Aber nein ", antwortete Signora Bosco, *„Aurora spielte ja nur mit den jungen Männern. "*

„Soll das heißen, Aurora stand gar nicht auf Männer? "

Antonella hing wie gebannt an den Lippen von Tina Bosco, in der Hoffnung, die gewünschte Antwort zu bekommen. Und dann kam sie.

„Die jungen Burschen hatten auch nicht den Hauch einer Chance bei Aurora zu landen. Sie fühlte sich zu älteren Herrn hingezogen. "

Und nach einer kurzen Pause: *„ Und zu Frauen. "*

Jetzt war die Katze aus dem Sack. Antonella hätte jauchzen mögen vor Freude. Sie hatte sich nicht getäuscht.

„Sagt Ihnen der Name Stephanie Hillinger etwas?", fragte Antonia.

„Sie meinen Fanni", sagte Signora Bosco, *„sie wollte unbedingt, dass wir sie Fanni nennen und nicht Stephanie, und wir haben ihr den Gefallen getan."*

„Frau Hillinger stammte aus Österreich, ist das richtig?", fragte Antonella.

„Ja", antwortete Tina Bosco, *„aber ich weiß nicht mehr von wo."*

Und bevor Antonella fortfahren konnte, fragte Tina Bosco:

„Heißt sie immer noch Hillinger? Hat sie nie geheiratet?"

„Das wissen wir nicht", antwortete Antonella, *„und auch nicht, wo sie wohnt."*

„Wie eng waren Aurora und Fanni miteinander?", fragte Antonella.

„Die waren unzertrennlich", antwortete Signora Bosco, *„wie siamesische Zwillinge."*

„Können Sie sich vorstellen, dass die beiden eine intime Beziehung pflegten?"

„De mortuis nil nisi bene", kam die Antwort von Tina Bosco, und Antonella fragte:

„Was heißt das?"

„Das ist Latein und bedeutet: <Dem Toten soll man nichts Böses nachsagen>."

Signora Bosco hatte einen seltsamen Gesichtsausdruck, als sie das sagte, wodurch Antonella für einen Augenblick verunsichert war. Als sie sich gefasst hatte, sagte sie zu Signora Bosco:

„Selbst wenn das so war, so ist es doch nichts Verwerfliches oder etwas, wofür man sich schämen müsste."

„Damals war das aber so", entgegnete Signora Bosco, *„damals waren die Zeiten noch nicht so freizügig wie heute. Aber wie heißt es so schön:*

<Tempora mutantur, nos et mutamur in illis>.

Antonella unterließ es dieses Mal danach zu fragen, was das wohl heißen könnte, denn es klang so ähnlich wie der vorige Satz, den sie auch nicht verstanden hatte.

Signora Bosco machte ihr aber die Freude auch diesen Satz zu übersetzen. Sie sah Antonella an, lächelte ein wenig und sagte dann:

„Auch das ist Latein und heißt: <Die Zeiten ändern sich und wir ändern uns mit ihnen>. Es ist ein Hexameter von Ovid, einem römischen Dichter."

„*Haben die anderen das mitbekommen?*", fragte Antonella weiter.

„*Nicht alle, nur eine*", antwortete Signora Bosco, „*Anna Moreno wusste davon.*"

„*Und Sie*", sagte Antonella, und indem sie das sagte, bereute sie es auch schon.

„*Ja, ich wusste es auch, und bevor sie fragen, ich hatte niemals eine solche Neigung.*"

„*Das wollte ich damit auch nicht andeuten, Signora*", sagte Antonella, „*es tut mir leid.*"

„*Ist schon gut*", erwiderte Signora Bosco.

„*Was war mit dieser Anna Moreno?*", fragte Antonella vorsichtig weiter, „*hat sie Aurora oder Fanni erpresst?*"

„*Nein, im Gegenteil*", antwortete Signora Bosco, „*sie hat bei den beiden mitgemacht. Und das, obwohl sie verlobt war.*"

„*Das verstehe ich nicht*", sagte Antonella, „*das müssen Sie mir näher erklären.*"

„*Da gibt es nicht viel zu erklären*", antwortete Signora Bosco, „*heute würde man sagen, es ging um den <Kick>, damals war es einfach nur die pure Lust auf Abenteuer.*"

Signora Bosco blätterte weiter im Album. Es folgten Bilder mit verschiedenen Personen; und fast auf jedem war auch Aurora zu sehen.

„Haben Sie vielleicht noch Verbindung zu dieser Anna?", fragte Antonella, und Signora Bosco antwortete:

„Ich habe zu keiner dieser Personen aus der Studienzeit mehr Verbindung, und am wenigsten zu Anna Moreno."

Damit machte Signora Bosco klar erkenntlich, was sie von ihren Mitstudentinnen hielt. Vielleicht hätte sie damals auch gern zu dieser Clique gehört.

Aber das zu beurteilen stand Antonella nicht zu. Sie verwarf den Gedanken ebenso schnell wieder, wie er gekommen war.

„Ich hätte eine Bitte, Signora Bosco", sagte Antonella, *„würden Sie mir dieses Album für eine kurze Zeit überlassen?*

Ich werde auch gut darauf aufpassen, und ich werde es Ihnen auch persönlich wieder zurückbringen."

Die Signora willigte ein. Antonella bedankte sich für den Kaffee und das Gespräch. Dann verabschiedete sie sich und ließ eine nachdenkliche Tina Bosco zurück.

*****

„Hat dein Besuch bei Signora Bosco etwas gebracht?", fragte der Commissario.

„Ich denke schon", antwortete Antonella, „zumindest wissen wir jetzt, dass Signora Pirelli auch auf Frauen stand."

„Es wundert mich", bemerkte der Ispettore, „damals war die Liebe unter Gleichgeschlechtlichen doch noch verboten, soviel ich weiß."

„Wo kein Kläger ist, ist auch kein Richter", sagte Antonella, „und das Hauptaugenmerk lag damals wohl eher bei den gleichgeschlechtlichen Beziehungen unter Männern."

„Was hast du noch herausfinden können?", drängte der Commissario Antonella.

„Es gibt noch eine Frau, die in Verbindung zu Signora Pirelli stand, eine gewisse Anna Moreno."

„Und gibt es auch eine Adresse?", fragte der Commissario ungeduldig.

„Weder von Stephanie Hillinger, noch von Anna Moreno", antwortete Antonella. „Zumindest keine, die Signora Bosco kannte."

„Dann suchen wir jetzt nach der Nadel im Heuhaufen", formulierte Ispettore Rossi einen kleinen Motivationsschub.

„Dann fangt am Besten gleich damit an", sagte der Commissario.

„Und wo sollen wir suchen?", fragte der Ispettore wenig hoffnungsfroh.

„Im italienischen Zentralregister, bei Interpol, bei der Feuerwehr, was weiß ich", erwiderte der Commissario.

„Ich werde noch einmal bei der Universität nachfragen", sagte Antonella. *„Dort hat ja alles einmal begonnen."*

„Gute Idee, Antonella", sagte der Commissario, *„mach das!"*

„Und du, Guiseppe, versuchst dein Glück beim Zentralregister, vielleicht kannst du ja dort etwas finden."

„Wäre es eventuell nicht klüger, ich würde zur Universität gehen?", kam der zarte Einwand von Guiseppe.

„Und warum?", fragte der Commissario.

„Nun, weil ich als Mann – mit dem Einsatz meines Charmes – bei einer Sekretärin vielleicht mehr erreichen könnte als eine Frau", antwortete der Ispettore mit einer gewissen Überheblichkeit.

„Nein, wir machen es so, wie ich gesagt habe", entgegnete der Commissario, der den Charme seines

Kollegen offensichtlich deutlich niedriger einstufte als Guiseppe selber.

„Ist in Ordnung, Chef", kam die Bestätigung durch den Ispettore, der die Entscheidung des Commissario nur bedingt nachvollziehen konnte.

Der Commissario dankte seinen beiden Mitarbeitern und wünschte ihnen „viel Erfolg bei der Jagd".

*****

Im Studentensekretariat der „Università di Roma" wurde Antonella bereits erwartet.

Signorina Potazzi, die Sekretärin, war schon ein Fräulein im fortgeschrittenen Alter und dürfte schon längst den Zeitpunkt für ihren Ruhestand überschritten haben.

„Wie kann ich Ihnen helfen, Signorina Tozzi?"

Antonella nahm die Studentenzeitung, welche ihr von Signora Bosco freundlicherweise überlassen worden war und zeigte sie der Sekretärin.

„*Es geht um diese drei Frauen*", sagte Antonella und zeigte dabei auf die Bilder der Studentinnen Bartolini, Hillinger und Moreno.

„*Das <Trio Infernale>*", kam prompt die völlig überraschende Antwort von Signorina Potazzi.

„*Sie kennen diese Damen?*", fragte Antonella, der ihre Verblüffung deutlich ins Gesicht geschrieben stand.

„*Und ob*", antwortete die Sekretärin, „*als ob es gestern gewesen wäre. Ich war damals kaum älter als die Mädchen und erst kurz im Amt.*

Als diese drei Teufelsbraten – neben vieler anderer Vorkommnisse – beim Konsum von Haschisch erwischt wurden, sind sie beinahe von der Universität geflogen."

Antonella sah ihr Gegenüber an, als käme sie von einem anderen Planeten.

„*Da staunen Sie, Signorina*", sagte die Sekretärin zu Antonella, „*ich habe ein Gedächtnis wie ein Elefant.*

Sie wollten mich schon ein paar Mal in Pension schicken, aber ich habe jedes Mal abgelehnt. Was soll ich zuhause; dort wartet nur eine Katze auf mich."

„*Haben Sie nie geheiratet?*", fragte Antonella vorsichtig.

„Nein", antwortete Signorina Potazzi, „ich war einmal kurz verlobt; aber schon bald hat mich der Kerl mit einer anderen betrogen. Und dann hatte ich genug von den Männern."

„Und haben Sie es nie bereut?", fragte Antonella weiter.

„Nicht eine Sekunde lang", antwortete Signorina Potazzi, „meine Arbeit hier hat mich voll ausgefüllt. Und es war niemals langweilig."

Die beiden Frauen sahen einander einen kurzen Augenblick an, bis Signorina Potazzi sagte:

„Ich denke, wir reden jetzt über die drei Damen, wegen deren Sie ja gekommen sind. Das ist auch viel interessanter als mein Leben."

„Glauben Sie, Sie können mir dabei helfen die aktuellen Adressen der drei herauszufinden?", fragte Antonella, und Signora Potazzi antwortete:

„Das weiß ich nicht, meine Liebe; aber ich werde alles daransetzen, Ihren Wunsch zu erfüllen."

Antonella bedankte sich bei der Frau, die sie gerade in ihr Herz zu schließen begann, erinnerte diese sie doch ein wenig an ihre „Nonna", die vor ein paar Jahren verstorben war.

*****

Es waren einige Tage vergangen, als Signora Potazzi Antonella anrief, um ihr eine höchsterfreuliche Mitteilung zu machen.

„Können Sie sich erinnern, dass ich Ihnen von dem Beinahe-Rausschmiss des <Trio Infernale> erzählt habe?", fragte Signorina Potazzi.

„Ja", antwortete Antonella, *„ich kann mich erinnern."*

„Sie haben mich damals gar nicht gefragt, warum die drei Damen nicht hinausgeworfen wurden."

„Das ist richtig", antwortete Antonella, die sich in diesem Augenblick fragte, warum sie das unterlassen hatte, obwohl es doch naheliegend gewesen wäre.

„Dann frage ich Sie jetzt, liebe Signorina Potazzi", antwortete Antonella, die über sich selbst erschrocken war, dass sie die Sekretärin gerade mit „liebe Signorina Potazzi" angesprochen hatte.

„Den Hinauswurf verhinderte ein Vater einer der drei Damen", sagte Signorina Potazzi und machte danach eine kurze Pause, um die Spannung zu erhöhen.

„Und welcher war das?", fragte Antonella ungeduldig.

„Signore Fausto Moreno, der frühere Staatssekretär", sagte Signorina Potazzi triumphierend.

"Können Sie das bitte noch einmal wiederholten, liebe Signorina Potazzi", sagte Antonella, die inzwischen ihr Telefon auf LAUT gestellt hatte.

"Der Vater, der damals dafür gesorgt hat, dass der Missbrauch unter den Teppich gekehrt wurde, war der damalige Staatssekretär Fausto Moreno", wiederholte Signorina Potazzi.

Ein lautes Triumphgeheul, ausgestoßen von Commissario Gallo und Ispettore, drang bis an das andere Ende der Leitung.

"Was war das denn?", fragte Signorina Potazzi.

"Das war ein Ausdruck der Freude, Signorina", antwortete Antonella, *"Sie haben gerade drei Menschen sehr glücklich gemacht.*

Ich danke Ihnen sehr herzlich, auch im Namen meiner beiden Kollegen. Und wenn Sie erlauben, werde ich Sie demnächst noch einmal besuchen, um Ihnen persönlich zu danken."

"Das würde mich sehr freuen, Signorina Antonella", antwortete Signorina Potazzi und legte den Hörer auf.

*****

„*Wir brauchen Ihre Hilfe, Vice Questore*", sagte Commissario Gallo, „*wir stehen kurz vor dem Durchbruch.*"

„*Was meinen Sie damit, Commissario?*", fragte der Vice Questore, „*und wie kann ich Ihnen helfen?*"

„*Es geht um den Fall Pirelli*", antwortete der Commissario, „*Sie müssten mit dem ehemaligen Staatssekretär Fausto Moreno reden und ihn um die Adresse seiner Tochter Anna bitten.*"

„*Sind Sie verrückt, Gallo*", ereiferte sich der Vice Questore, „*das machen sie schön selber. Ich mische mich nicht in die Politik ein.*

Ich kann Ihnen den Kontakt herstellen und Ihren Besuch avisieren; aber mit dem Staatssekretär reden, das tun Sie!"

Das war wieder einmal einer dieser Momente, wo der Commissario daran dachte, dass der Vice Questore Matteo Celentano wohl besser Sänger geworden wäre, wie sein Namensvetter, als der Leiter einer Polizeibehörde.

„*Ich danke Ihnen sehr, Vice Questore*", sagte Commissario Gallo, „*Sie sind mir wieder einmal eine große Hilfe.*"

Der Vice Questore, dem der zynische Unterton seines Commissario nicht entgangen war, antwortete:

„Sie wissen, dass ich für meine Leute immer da bin. Und jetzt gehen Sie, ich habe noch zu arbeiten."

Als der Commissario in sein Büro zurückkam, berichtete er seinen beiden Mitarbeitern von dem erquicklichen Besuch bei „Il Cantante".

„Wir werden morgen dem Herrn Staatssekretär einen Besuch abstatten. Den genauen Zeitpunkt teilt mir der Vice Questore noch mit.

Zieh dir etwas Schönes an, Antonella, das macht den Herrn Staatssekretär uns hoffentlich gewogen und leichter zugänglich."

„Und was mache ich?", fragte der Ispettore, dem klar geworden war, dass er wohl nicht dabei sein würde.

„Du hältst die Stellung, Giuseppe", antwortete der Commissario, *„und bereitest ein Konzept für die Befragung von Anna Moreno vor, oder wie immer die Signora jetzt heißen wird."*

*****

Als sich der Commissario und Antonella der Villa des Staatssekretärs näherten, sagte Antonella:

*„Ich hätte nicht gedacht, dass man als Staatssekre-
tär so viel Geld verdient, um in dieser teuren Gegend
einen solchen Prachtbau errichten zu können."*

„Kann man auch nicht", antwortete der Commissario, *„das geht nur, wenn man sich etwas dazuver-
dient."*

„Wie meinst du das, Pietro?", fragte Antonella,
und der Commissario antwortete:

*„Was bist du doch für eine reine, unschuldige See-
le, ich fürchte nur, du wirst sie nicht ewig behalten
können."*

Antonella wusste mit dieser Antwort nur bedingt
etwas anzufangen, ließ es aber dabei bewenden.

Ein Dienstmädchen öffnete die Tür mit den Worten:

*„Der Herr Staatssekretär erwartet Sie; folgen Sie
mir bitte."*

Dann führte sie die Besucher in die Bibliothek, und
der Commissario wunderte sich, dass Signore Moreno
sich noch immer mit „Herr Staatssekretär" anreden
ließ, obwohl er schon lange aus dem Amt war.

Die Bibliothek war ein Zeugnis beträchtlichen
Wohlstands: Regale aus edelstem Holz, gefüllt mit
erlesenen Werken aus der Literatur, von welchen einige sicher Erstausgaben waren.

„Guten Morgen, Commissario Gallo, meine Verehrung Signorina Tozzi!"

Signore Moreno küsste Antonella die Hand, was Antonella sichtlich unangenehm war, und gab dann Commissario Gallo die Hand.

„Darf ich Ihnen etwas anbieten? Kaffee oder Tee?"

„Weder noch, vielen Dank, Herr Staatssekretär", antwortete der Commissario, und Signore Moreno erwiderte – zum großen Erstaunen von Commissario Gallo:

„Bitte nur <Signore Moreno>, Commissario Gallo, ich bin ja kein Staatssekretär mehr.

Der Vice Questore sagte mir am Telefon, dass ich Ihnen bei der Ermittlung in einem Mordfall behilflich sein könnte.

Ich weiß zwar überhaupt nicht, auf welche Weise das geschehen könnte; aber der Vice Questore sagte mir, Sie wollten mich persönlich ins Bild setzen."

„Was bist du doch nur für ein feiges Arschloch, Matteo", ging es Commissario Gallo durch den Sinn, und er hätte es am Liebsten auch laut hinausgebrüllt, sagte aber stattdessen zu Signore Moreno:

„Es geht um Ihre Tochter Anna."

Der Gesichtsausdruck von Signore Moreno, der bis eben noch von größter Freundlichkeit geprägt war, verfinsterte sich augenblicklich.

Der Commissario reagierte prompt darauf, indem er sagte:

„Es geht nicht direkt um Ihre Tochter, sondern um eine Freundin von ihr aus Studienzeiten, deren Aufenthaltsort wir gerne in Erfahrung bringen möchten.

Und dazu bräuchten wir zuerst einmal die Adresse Ihrer verehrten Tochter, wenn Sie die Freundlichkeit hätten sie uns zu geben."

Der Gesichtsausdruck von Signore Moreno entspannte sich, und mit einem Lächeln antwortete er:

„Das ist überhaupt kein Problem, mein lieber Commissario, die Adresse brauchen sie gar nicht. Meine Tochter Anna wohnt bei uns, und wenn Sie möchten, dann werde ich sie holen."

Der Commissario konnte sein Glück gar nicht fassen, als er antwortete:

„Das ist ja wunderbar; ich danke Ihnen sehr, Signore Moreno."

*****

„*Guten Tag, Signorina Moreno*", sagte der Commissario, was ihm die zurechtweisende Antwort einbrachte:

„*Signora Biasini, bitte!*"

„*Entschuldigen Sie bitte, Signora Biasini*", erwiderte der Commissario, „*ich dachte nur, weil ihr Vater sagte, Sie würden hier wohnen.*"

„*Das ist nur vorübergehend. Ich lebe gerade mit meinem Mann in Scheidung; aber das wird Sie sicher nicht interessieren.*"

„*Natürlich nicht, Signora*", antwortete der Commissario. „*und es geht mich auch überhaupt nichts an. Bitte, entschuldigen Sie nochmals!*"

„*Ist schon gut*", antwortete Signora Biasini, die gerade im Begriff war einen Gang herunterzuschalten.

„*Mein Vater sagte, Sie fragen nach einer Studienkollegin*", sagte Signora Biasini, „*um wen handelt es sich denn?*"

„*Um Signorina Stephanie Hillinger*", antwortete der Commissario.

„*Ach so*", antwortete Anna Biasini, „*Sie meinen die liebe Fanni.*"

„*Ja*", sagte der Commissario, „*so wurde sie wohl genannt.*"

„Woher wissen Sie das überhaupt?", fragte Anna Biasini.

„Von einer gewissen Signorina Potazzi", mischte sich nun Antonella ein.

„Was? Von der alten Hexe? Lebt die denn noch?"

Antonella wäre am Liebsten aufgestanden, um der arroganten Tochter des Herrn Staatssekretärs eine schallende Ohrfeige zu verpassen, sagte aber stattdessen in ruhigem Ton:

„Ja, die reizende Signorina Potazzi lebt noch und befindet sich bei bester Gesundheit."

„Und was wollen Sie von Fanni Bruzzone?"

„Sie heißt gar nicht mehr Hillinger?", fragte Antonella aufgeregt.

„Natürlich nicht", kam die schnippische Antwort von Anna Biasini, *„das ist so, wenn man heiratet. Man nimmt den Namen des Ehemannes an."*

Damit waren die Grenzen klar abgesteckt, und Commissario Gallo übernahm ab sofort wieder das Reden.

„Heißt das, verehrte Signora Biasini, Sie haben noch Kontakt zu Stephanie Hillinger, respektive Bruzzone?"

Antonella biss sich auf ihre Lippen. Aber ihr war bewusst, dass ihr Chef den richtigen Ton angeschlagen hatte, um von diesem arroganten Luder noch weitere Auskünfte zu bekommen.

„Nein, Commissario", antwortete die Signora, und es hatte den Anschein, dass sie sich auf den Commissario einließ.

„Wir hatten nach dem Studium noch eine Weile Kontakt. Aber als sie sich auf diesen reichen Schnösel Mario Bruzzone eingelassen hatte, nur, um die italienische Staatsbürgerschaft zu erhalten, da war sie für mich Geschichte."

„Heißt das, sie hat ihn geheiratet?", fragte der Commissario.

„Nein, das hätte ich ja noch nachvollziehen können", antwortete Anna Biasini, *„sie hat sich den Vater von Mario geschnappt.*

Der alte Sack war damals schon sehr herzkrank, und als er – nach nicht einmal einem Jahr Ehe – abgekratzt ist, war Fanni eine reiche Frau mit einer italienischen Staatsbürgerschaft."

Die Art und Weise, wie Anna Biasini über andere Menschen sprach, widerte Antonella im hohen Maße an. Sie musste sich sehr überwinden Anna zu fragen:

„Haben Sie vielleicht eine Adresse von Signora Bruzzone?"

„*Das müssen Sie selbst herausfinden, Herzchen. Schließlich sind Sie doch die Polizei und nicht ich*", antwortete Anna Biasini, und bevor Antonella in irgendeiner Form darauf reagieren konnte, beendete Commissario Gallo den Dialog der beiden Frauen mit den Worten:

„*Vielen Dank, Signora Biasini für Ihr Hilfe. Wir wünschen Ihnen alles Gute und dürfen uns jetzt verabschieden.*"

Dann reichte er Signora Biasini und ihrem Vater die Hand und folgte Antonella, die mit hochrotem Kopf schon bei der Villa hinausgestürmt war.

„*Ich könnte dieses Miststück erwürgen*", schrie Antonella lauthals, als sie auf dem Weg zum Auto waren, und der Commissario bemerkte:

„*In diesem Beruf musst du dir ein dickes Fell zulegen und deine Emotionen fest im Griff haben, sonst wird nie eine gute Polizistin aus dir.*"

Als sie wieder zurück in der Questura waren, hatte sich Antonella wieder beruhigt.

„*Wir haben sie, Guiseppe*", sagte sie zu ihrem Kollegen, „*wir haben Fanni Hillinger gefunden.*"

Der Rest war ein Kinderspiel. Die Adresse hatten sie im Zentralregister gefunden, und als sie bei Signora Bruzzone anläuteten, öffnete sie und sagte:

„Bitte, kommen Sie herein; Ich habe schon auf Sie gewartet."

„Ich nehme Sie fest wegen des Verdachtes Signora Aurora Pirelli vorsätzlich getötet zu haben."

Mit diesen Worten klickten die Handschellen bei Signora Stephanie, Fanni Bruzzone, geb. Hillinger, die sich danach willenlos abführen ließ.

*****

Als Commissario Gallo der Mordverdächtigen im Verhörraum gegenübersaß, hatte er große Mühe in dieser Frau das Monster zu sehen, das er hinter ihr vermutet hatte.

„Ihnen wird vorgeworfen, am Sonntag, den 14. April in der Villa d'Este Signora Aurora Pirelli ermordet zu haben. Was sagen Sie dazu?", begann der Commissario das Verhör.

„Was soll ich dazu sagen, Signore Commissario", antwortete Signora Bruzzone, *„ich gestehe die Tat und ich unterschreibe das auch, wenn Sie das möchten."*

„Sie leugnen die Tat gar nicht?", fragte der Commissario, dem ein solches Verhalten eines Beschuldig-

ten in seiner ganzen bisherigen Laufbahn noch nicht untergekommen war.

„Aber nein", antwortete Signora Bruzzone, *„ich habe die Tat begangen, und ich bereue sie auch nicht."*

„Wollen Sie mir über den Tathergang und über das Motiv etwas sagen?", fragte der Commissario.

Signora Bruzzone zuckte mit den Schultern und begann dann den Mord in allen Einzelheiten zu schildern.

„Ich habe Aurora kontaktiert und um ein Treffen in der Villa d'Este gebeten. Nach einigem Zögern hat sie dann einem Treffen zugesagt.

„Aber warum nach so vielen Jahren?", unterbrach der Commissario, *„oder hatten Sie zwischenzeitlich schon einmal Kontakt?"*

„Nein", antwortete Fanni, *„nach dem Studium haben wir uns aus den Augen verloren."*

„Aber Sie waren doch ein Liebespaar; nichtwahr?", wagte der Commissario einen Versuch.

Fanni Bruzzone hielt inne, und über ihr Gesicht huschte ein kurzes Lächeln.

„Oh ja", sagte sie mit verklärtem Gesicht, *„wir träumten sogar von einer gemeinsamen Zukunft."*

„*Und warum wurde dann nichts daraus?*", fragte der Commissario weiter.

„*Weil sie unsere Liebe verraten hat*", antwortete Fanni, und ihre Augen bekamen einen feuchten Glanz.

„*Wie haben Sie Signora Pirelli gefunden nach so langer Zeit?*", fragte der Commissario, und er musste sich dagegen wehren für diese Frau Mitleid zu empfinden, die einen anderen Menschen auf so grausame Art ermordet hatte.

„*Das war ein Zufall*", antwortete Fanni Bruzzone, „*ein ganz banaler Zufall. Ich sah ihr Gesicht in den Medien, an der Seite ihres Gatten, als dieser – zusammen mit dem Bürgermeister und Honoratioren der Stadt - das neue Einkaufszentrum eröffnet hat.*"

„*Und sie haben sie gleich wiedererkannt?*", fragte der Commissario.

„*Aber ja, sofort*", antwortete Fanni, „*sie hat sich überhaupt nicht verändert, nur dass sie – im Gegensatz zu früher – völlig ungeschminkt war, was mich ein wenig überrascht hat.*

Ich habe ihr Gesicht so viele Male in meinen Händen gehalten und geküsst, dass es fest in meinem Gedächtnis eingebrannt ist."

„*Und warum dann diese schreckliche Tat?*", fragte der Commissario weiter, „*für mich klingt es, als ob sie Aurora noch immer liebten, obwohl Sie ja selbst geheiratet haben.*"

„Das kann ich nur schwer erklären", sagte Fanni, *„aber ich will es trotzdem versuchen.*

Als mich Aurora damals verlassen hat, ohne sich von mir zu verabschieden, fiel ich in ein tiefes Loch.

Ich habe angefangen zu trinken und mit Männern zu flirten. Aber ich habe mich nie mit ihnen eingelassen.

Dann lernte ich Mario kennen. Er war völlig verrückt nach mir. Er stellte mich sogar seinem Vater vor. Die Mutter war schon an Krebs verstorben.

Der Vater machte mir eindeutige Avancen. Er war damals schon sehr krank. Wir schlossen einen Deal.

Ich würde ihn heiraten, wenn ich dadurch die italienische Staatsbürgerschaft erlangen würde.

Eine weitere Bedingung war, dass ich keinerlei sexuelle Handlungen an ihm oder mit ihm durchführen müsste.

Er willigte ein. Es ging ihm nur darum nicht mehr allein leben zu müssen."

„Aber ich verstehe noch immer nicht, warum Sie Signora Pirelli ermordet haben", sagte der Commissario, und Fanni antwortete:

„Dass Aurora geheiratet hat, damit hätte ich leben können", erklärte Fanni Bruzzone, *„aber, dass sie mit*

diesem Mann fünf Kinder gezeugt hat, das hat mir das Herz herausgerissen. "

„Und das wollten Sie dann auch bei Signora Pirelli machen", sagte der Commissario.

„Nein, am Anfang nicht", antwortete Fanni, *„ich wollte nur mit Aurora reden. Ich wollte, dass sie mir erklärt, warum sie mich damals sang- und klanglos verlassen hat, ohne ein Wort zu sagen. "*

„Wieso hatten Sie dann ein Messer dabei? ", fragte der Commissario.

„Ich hatte kein Messer dabei", antwortete Fanni, *„das lag zufällig da herum. Vielleicht war es das Messer eines Arbeiters. "*

„Aber warum haben Sie dann zugestoßen? ", fragte der Commissario.

„Weil sie mich ausgelacht hat, als ich ihr sagte, dass ich mir damals das Leben nehmen wollte, als sie mich verlassen hat.

Sie hat unsere Liebe als jugendliche Spinnerei abgetan, und dass für sie alles nur ein großer Spaß war.

Und dann ist sie plötzlich eingeschlafen. Als ich sie wachrütteln wollte, ist ihre Bluse etwas verrutscht, und ich habe das Lederband mit dem goldenen Herzen gesehen, das ich ihr damals geschenkt habe.

Da wusste ich, dass sie gelogen hatte. Ich wurde von einer plötzlichen Wut erfasst, ich war wie von Sinnen.

Und plötzlich hatte ich das Messer in der Hand und habe zugestoßen..."

Commissario Gallo hatte wie gebannt zugehört. Er billigte die Tat nicht; aber er begann zu verstehen, was in dieser Frau vorgegangen sein musste, als sie die Tat beging.

"Eine Sache verstehe ich nicht", fragte der Commissario behutsam, *"Signora Pirelli war schon tot, als sie auf sie einstachen. Sie hatten sie vorher vergiftet."*

"Das war ein Unfall", antwortete Fanni Bruzzone, *"ich hatte eine Flasche Prosecco mitgebracht, um unser Wiedersehn zu feiern.*

Dann habe ich Aurora die K.O.-Tropfen in ihr Getränk gegeben, um sie noch einmal lieben zu können.

Ich hatte Angst, sie würde meinen Wunsch ablehnen. Aber dann ist es nicht mehr dazu gekommen. Die Dosis war wohl etwas zu hoch."

Commissario Gallo hatte Schweißperlen auf der Stirn. Was diese Frau gerade erzählte, brachte ihn zum ersten Mal in seinem Berufsleben hart an seine Grenzen.

„Und warum haben Sie Signora Pirelli geschminkt?", fragte der Commissario.

„Weil mir ihr blasses und farbloses Gesicht weh getan hat, als ich sie in den Medien gesehen habe.

Ich wollte sie noch einmal so sehen, wie sie vor vielen Jahren ausgesehen hat, als sie noch meine Aurora war."

Inzwischen trat aus den bisher feuchten Augen ein dicker Schwall Tränen.

„Tut es ihnen leid, was Sie getan haben, Fanni?", fragte der Commissario, der seinem Gegenüber nicht die Gefühle aufbringen konnte, die angemessen gewesen wären.

„Nein", antwortete Fanni Bruzzone, *„Aurora hat unsere Liebe verraten und den Tod verdient.*

Es tut mir nur leid, dass ich zu feige war mich auch zu töten; denn gestorben bin ich schon vor langer Zeit..."

Der Commissario stand auf und forderte den anwesenden Beamten auf, Signora Bruzzone in ihre Zelle zu bringen.

Dann ging er zurück in sein Büro. Ispettore Giuseppe Rossi und Assistente Antonella Tozzi folgten ihm. Sie hatten die ganze Zeit über hinter dem Spiegel gestanden und die Schilderung einer unbeschreiblichen Tragödie mitverfolgt.

Es herrschte betretenes Schweigen, das so lange anhielt, bis der Vice Questore Matteo Celentano in den Raum trat und auf den Commissario zustürmte.

„Ich habe es gerade gehört, mein lieber Commissario", sprudelte es euphorisch aus ihm heraus und seine Augen leuchteten förmlich, als er das sagte.

„Sie haben dieses Monster mit viel Geschick und Raffinesse überführt. Ich hoffe, sie bekommt lebenslänglich. So eine Bestie darf nie mehr auf die Menschen losgelassen werden.

Pietro, mein Lieber, das war erste Sahne, wie man heutzutage zu sagen pflegt. Ich bin sehr stolz auf dich.

Mein Dank und meine Anerkennung gelten natürlich dem ganzen Team; aber in erster Linie dir, mein Lieber!"

Als der Vice Questore dann auch noch dem Commissario auf die Schulter klopfte, stand dieser auf, nahm seinen Mantel und ging zur Tür.

Als er gerade den Raum endgültig verlassen wollte, drehte er sich noch einmal um, sah hin zu dem Vice Questore, und ein Gedanke schoss ihm durch den Kopf:

„Du bist der größte Hornochse auf Gottes Erdboden, Celentano. Du hättest vielleicht doch besser Sänger werden sollen, als zur Polizei zu gehen."

Der Unterschied zu all den Gedanken, die er bisher hegte – in Verbindung mit dem Vice Questore – bestand darin, dass er dieses Mal den Gedanken laut aussprach...

Stephanie, Fanni Bruzzone, geb. Hillinger, aus Österreich, entzog sich nur wenige Wochen später der irdischen Gerichtsbarkeit. Sie hatte sich in ihrer Zelle erhängt.

Um ihren Hals trug sie ein ledernes Band mit einem goldenen Herzen und einem kleinen Rubin...

*****

Nachtrag:

Questura - Polizeipräsidium
Vice Questore – Polizeidirektor
Commissario Capo – Polizeihauptkommissar
Ispettore – Polizeihauptmeister
Assistente - Polizeihauptwachmeister